U0096037

山田社　**新日檢**
Shan Tian She

山田社　新日檢

絕對合格 **日檢N5讀本**（上）

單字×文法×聽力×閱讀
考試生活雙贏！

看得懂、聽得懂、說得出，考得上，

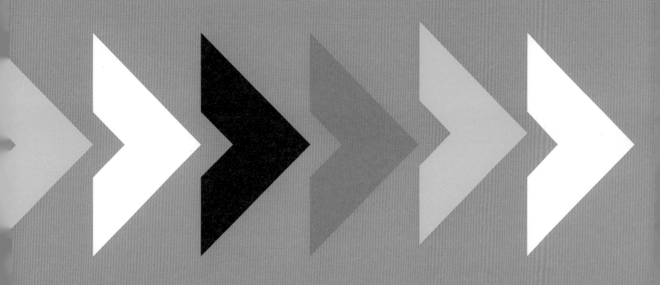

吉松由美、田中陽子、西村惠子、
大山和佳子、林勝田　著

前言

哇！這是雜誌還是日語檢定讀本？
從 N5 開始，學日語也能這麼輕鬆又有趣！

您也曾被日檢 N5 虐到懷疑人生嗎？
明明單字背了，文法看了，試題也做了，結果考場上還是腦袋空白，連聽力都像是在聽火星語？
別擔心！這本《絕對合格日檢 N5 讀本（上）：單字 × 文法 × 聽力 × 閱讀》就是您的救星！

這不是一般的教科書，而是一本充滿樂趣的學習神器！

想像自己一邊翻著雜誌般的活潑設計，一邊從 71 個生活場景中，學會用日語點餐、搭車、聊八卦，甚至談天氣！不僅讓 N5 考試輕鬆過關，還能在生活中自信開口，讓日本朋友對您的日語刮目相看！

日檢痛點？我們全搞定！

從單字到文法，從聽力到閱讀，這本書不是您的日語戰場，而是您的日語樂園！學日語不再是硬碰硬的苦戰，而是一趟充滿笑聲和驚喜的冒險旅程！

現在就啟程，讓日語從考場一路奔向您的生活，輕鬆上手，開心聊天，考試、生活通通拿下！

本書特色：

1. 圖解單字記憶法，讓日檢 N5 詞彙一秒變「大腦常駐居民」！

還在死記硬背單字，感覺像背了一堆會跑的數字？別煩了！通過日檢 N5，單字是關鍵中的關鍵，本書用圖像＋文字＋聽覺三大法寶，讓單字像超強黏著劑一樣貼在您的記憶力裡，學一次，忘不了！

亮點搶先看：

● 單字＋圖片＝記憶力大增！全彩圖片搭配 N5 必備單字，讓詞彙不只是文字，而是一張張小劇場的生動畫面

● 耳朵開工，聽力加分！單字附標準日文發音，聽力與詞彙學習同步，日語感覺蹭蹭往上升！

● 練習題助攻，盲點歸零！每個單元附加小測驗，邊學邊練，確保您準備 N5 時胸有成竹，不怕漏掉任何重點

2. 先開口說，再學文法！讓日檢 N5 從「頭疼」變「輕鬆搞定」！

覺得學文法像啃硬骨頭？讀著讀著就想睡？別擔心！這本書用 **「做中學、學中做」的實戰法 **，帶您從對話中開口說，再輕鬆掌握 N5 級別文法，讓學習過程不僅簡單還特別持久！

亮點搶先揭曉：

● 情境對話大爆發！問路、點餐、聊天等 N5 考試場景全模擬，文法學習不再脫離生活。

● 對話＋文法，無縫結合！每個文法點都融入實例對話，直接與日檢考點對接，實用又精準。

● 突破文法障礙，考試信心翻倍！用會說的文法參加考試，學得靈活、用得自信，日檢不再遙不可及！

3. 主題式學習，N5 場景全開掛，考試生活都拿下！

　　覺得日檢 N5 的考題離生活十萬八千里？別怕！這本書把考場搬進日常，71 個高頻生活情境，從購物到旅行，從家庭到問路，學完直接上場，讓您不僅考試有底氣，生活更有日語力！

亮點滿滿：

● 71 種日常場景，71 次實戰彩排！購物、搭車、點餐……每個情境都像為您量身打造，學了馬上能用！

● 聽、說、讀、寫全搞定！模擬 N5 考試形式，帶您一次練會全方位技能，考場和生活都能游刃有餘。

● 情境式記憶法，知識變反射！不只是背單字，而是把日語刻進生活場景中，看到情境，語言就自然流出來！

4. 單字總整理，零碎時間變「日檢 N5 複習神器」！

　　準備日檢 N5，時間緊、壓力大？別擔心！這本書精心打造課後單字總整理，幫您把零碎時間榨成黃金學習機會，讓 N5 詞彙複習高效又輕鬆！

亮點馬上揭曉：

● 核心詞彙＋圖片，記憶力瞬間翻倍！每課重點詞彙一目了然，搭配圖片輔助，輕鬆刻進腦海！

● 零碎時間高效利用，複習 so easy！通勤候車、午餐間隙，隨手翻一翻，單字記憶蹭蹭往上漲！

● 日檢必考詞彙全覆蓋！準備 N5 的必背清單，讓您事半功倍，穩拿高分！

5. 模擬試題，N5 考場提前解鎖，滿分不是夢！

　　想在日檢 N5 考場上穩操勝券？這本書幫您準備了一場「提前彩排」！超真實模擬試題，讓您輕鬆熟悉考試節奏，還能精準檢測學習成效，錯一題都不虧！

亮點全開：

● 考場還原度 100%，提前感受真實壓力！題型、結構一比一還原日檢 N5 考試，讓您進考場時再也不慌！

● 自學利器，考場信心爆棚！無論自學還是備考，模擬試題幫您提升應試能力，從容拿下高分！

6. 跟著日籍 老師念，N5 聽力、發音輕鬆開掛！

　　覺得日檢 N5 的聽力像聽「外星語」？別怕！本書附贈日籍老師錄製的標準東京腔錄音，帶您一邊聽一邊念，讓日語聽說能力飛速提升，考試不慌，開口就贏！

亮點曝光：

● 東京腔發音教科書！聽標準錄音，學正確語感，讓聽力從懵懂到「秒懂」只差一本書！

● 開口說，才能進步快！每日跟著錄音念，從基礎詞句到流利表達，發音地道自然不生硬！

● N5 考試生活雙豐收！不只為考試，更為生活學日語，讓您和日本人聊天毫不怯場！

適合誰？

★☆ 從零開始學日語的「小白」。

★☆ 想穩過日檢 N5 的準考生。

★☆ 熱愛日本文化、想脫口說日語的愛好者。

　　這本書讓您不只輕鬆搞定日檢 N5，還能自信開口飆日語！從考試到生活，從詞彙到對話，學日語的門檻不再高，趣味無限大！現在就翻開這本書，帶著滿分夢想，快速闖進日語的奇妙世界吧！

Table of Content

清音表

	あ（ア）段	い（イ）段	う（ウ）段	え（エ）段	お（オ）段
あ（ア）行	あ（ア）a	い（イ）i	う（ウ）u	え（エ）e	お（オ）o
か（カ）行	か（カ）ka	き（キ）ki	く（ク）ku	け（ケ）ke	こ（コ）ko
さ（サ）行	さ（サ）sa	し（シ）shi	す（ス）su	せ（セ）se	そ（ソ）so
た（タ）行	た（タ）ta	ち（チ）chi	つ（ツ）tsu	て（テ）te	と（ト）to
な（ナ）行	な（ナ）na	に（ニ）ni	ぬ（ヌ）nu	ね（ネ）ne	の（ノ）no
は（ハ）行	は（ハ）ha	ひ（ヒ）hi	ふ（フ）fu	へ（ヘ）he	ほ（ホ）ho
ま（マ）行	ま（マ）ma	み（ミ）mi	む（ム）mu	め（メ）me	も（モ）mo
や（ヤ）行	や（ヤ）ya		ゆ（ユ）yu		よ（ヨ）yo
ら（ラ）行	ら（ラ）ra	り（リ）ri	る（ル）ru	れ（レ）re	ろ（ロ）ro
わ（ワ）行	わ（ワ）wa				を（ヲ）o
					ん（ン）n

濁音／半濁音表

	あ（ア）段	い（イ）段	う（ウ）段	え（エ）段	お（オ）段
か（カ）行	が（ガ）ga	ぎ（ギ）gi	ぐ（グ）gu	げ（ゲ）ge	ご（ゴ）go
さ（サ）行	ざ（ザ）za	じ（ジ）ji	ず（ズ）zu	ぜ（ゼ）ze	ぞ（ゾ）zo
た（タ）行	だ（ダ）da	ぢ（ヂ）ji	づ（ヅ）du	で（デ）de	ど（ド）do
は（ハ）行	ば（バ）ba	び（ビ）bi	ぶ（ブ）bu	べ（ベ）be	ぼ（ボ）bo

は（ハ）行	ぱ（パ）pa	ぴ（ピ）pi	ぷ（プ）pu	ぺ（ペ）pe	ぽ（ポ）po

拗音表

きゃ（キャ）kya	きゅ（キュ）kyu	きょ（キョ）kyo
ぎゃ（ギャ）gya	ぎゅ（ギュ）gyu	ぎょ（ギョ）gyo
しゃ（シャ）sya	しゅ（シュ）syu	しょ（ショ）syo
じゃ（ジャ）ja	じゅ（ジュ）ju	じょ（ジョ）jo
ちゃ（チャ）cha	ちゅ（チュ）chu	ちょ（チョ）cho
ぢゃ（ヂャ）ja	ぢゅ（ヂュ）ju	ぢょ（ヂョ）jo
にゃ（ニャ）nya	にゅ（ニュ）nyu	にょ（ニョ）nyo
ひゃ（ヒャ）hya	ひゅ（ヒュ）hyu	ひょ（ヒョ）hyo
びゃ（ビャ）bya	びゅ（ビュ）byu	びょ（ビョ）byo
ぴゃ（ピャ）pya	ぴゅ（ピュ）pyu	ぴょ（ピョ）pyo
みゃ（ミャ）mya	みゅ（ミュ）myu	みょ（ミョ）myo
りゃ（リャ）rya	りゅ（リュ）ryu	りょ（リョ）ryo

少不了的「初次見面，你好！」

はじめまして。
中山理香です。

看圖記單字

▶ 聽聽看！下面各國的日文名稱是什麼呢？ Track 1.1

 ❶ アメリカ
美國

 ❼ ドイツ
德國

 ❷ カナダ
加拿大

 ❽ イタリア
義大利

 ❸ メキシコ
墨西哥

 ❾ スペイン
西班牙

 ❹ ブラジル
巴西

 ❿ スイス
瑞士

 ❺ イギリス
英國

 ⓫ ロシア
俄國

 ❻ フランス
法國

 ⓬ 韓国
（かんこく）
韓國

➡ 把單字蓋起來，練習一下！還記得下列是哪些國家的國旗嗎？

❶ _____

❷ _____

❸ _____

答案請見P.144

靈活應用

▶ 呼～剛開始學日語的你，是不是已經迫不及待想用日語來自我介紹了呢？現在，讓我們一起來模擬一下，如何用日語和剛認識的日本人聊天吧！也許你會發現，用日語開啟對話比想像中更有趣、更容易喔！準備好了嗎？讓我們開始吧！

> 初次見面要怎麼自我介紹呢？跟同伴練習下面的對話吧！

理香　はじめまして ①。 中山理香です。 林さん ② ですか。

志明　はじめまして。 私は　林志明です ③。 どうぞ　よろしく。

理香　ああ、林さんは　外国人ですか ④。

志明　はい、台湾人 ⑤ です。 台湾の　高雄から ⑥　来ました。

理香　桜大学の　学生ですか。

志明　はい。 中山さんは。

理香　私は　富士大学の　学生です。

理香：幸會，我是中山理香，請問您是林先生嗎？
志明：幸會，我是林志明，請多指教。
理香：哦，原來林先生是外國人呀？
志明：是的，我是台灣人。我來自台灣的高雄。
理香：您是櫻大學的學生嗎？
志明：是的。中山小姐呢？
理香：我是富士大學的學生。

文法重點提要

① 初次見面時的打招呼
② [名字]さん
③ [人]は[名詞]です（主題）
④ [文章]か／はい、そうです
⑤ [國名]人
⑥ [名詞]の[名詞]；
　[場所]から文法重點說明

細解說請見下頁 ▶

文法重點說明

解剖對話的秘密 ● ── 細細解析文法重點，讓你學得紮實！

① はじめまして。　　　幸會。

　　這是初次見面時最常用的打招呼語，表示「幸會」、「初次見面」。通常會搭配「どうぞ、よろしく（お願いします）」（請多指教）一起使用，表達更加禮貌的問候。「お願いします」增加禮貌語氣，特別適用在正式場合或與年長者、上司交流時使用。

② 林さんですか。　　　請問您是林先生嗎？

☑ さん　　　先生、小姐、女士

　　「さん」是一種表示尊敬的稱呼，適用在人名前，不分性別或婚姻狀態（不論是男士、女士或小孩都可以使用）。注意：「さん」不能用在稱呼自己。

③ 私は　林志明です。　　　我是林志明。

☑ [人]は[名詞]です　　　[人]是[名詞]

　　「は」標示句子的主題，強調後面的敘述對象是什麼；「です」表示斷定，意為「是」，同時帶有禮貌語氣。

　　例 私は　山田です。　　　我是山田。

　　▶「私」（我）是主語，表示說話者自己；「山田」（山田）是補語，說明主語的身份（名字）；「です」（是）是敬語語尾，表達禮貌語氣。句型用來表達某人（我）的身份或屬性（名字是山田）。

④ 林さんは　外国人ですか。　　　林先生是外國人嗎？

☑ [句子]か　　　[句子]嗎、呢？

　　句尾的「か」是疑問助詞，用來詢問想知道的事。肯定回答用「はい。そうです。」「はい」（是的）表示同意，「そうです」（是的）進一步確認對方所說的內容。

　　例 A: あなたは　学生ですか。　　　你是學生嗎？

　　例 B: はい。そうです。　　　是的。

⑤ 台湾人です。　　　是台灣人。

☑ [國名]＋人　　　[國名]人

　　構成表示國籍或地區的人。例如「日本人」（日本人）、「中国人」（中國人）、「アフリカ人」（非洲人）等。

⑥ 台湾の　高雄から　来ました。　　　我來自台灣的高雄。

☑ [名詞]の[名詞]　　　[名詞]的[名詞]

　　上面中的「の」表示兩個名詞之間的所有或所屬關係。可用在：所有者（私の本〈我的書〉）、內容說明（歴史の本〈歷史書〉）、作成者（日本の車〈日本車〉）、數量（100円の本〈100日圓的書〉）、材料（紙のコップ〈紙杯〉）還有時間、位置等等。

　　例 私の　本です。　　　我的書。

　　例 彼は　日本語の　先生です。　　　他是日文老師。

　　「[場所]から」中的「から」表示來自某地，譯作「從…，來自…」。動詞「来ました」是「来ます」（來）的過去式，表達已經完成的動作。

　　例 中国から　来ました。

入門全收錄

1 日本常用姓名！邊聽邊練習！替自己取個日文名字，跨出日語學習的第一步！ Track 1.3

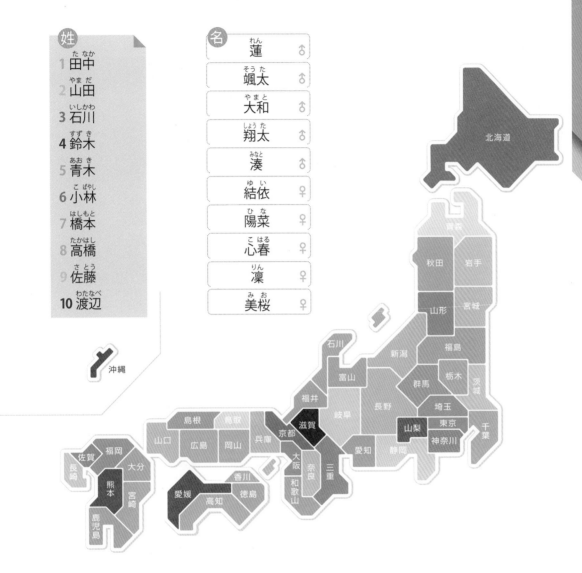

姓
1 田中（たなか）
2 山田（やまだ）
3 石川（いしかわ）
4 鈴木（すずき）
5 青木（あおき）
6 小林（こばやし）
7 橋本（はしもと）
8 高橋（たかはし）
9 佐藤（さとう）
10 渡辺（わたなべ）

名
蓮（れん）♂
颯太（そうた）♂
大和（やまと）♂
翔太（しょうた）♂
湊（みなと）♂
結依（ゆい）♀
陽菜（ひな）♀
心春（こはる）♀
凛（りん）♀
美桜（みお）♀

沖縄
北海道
青森
秋田　岩手
山形　宮城
福島
新潟
石川　富山　長野　群馬　栃木　茨城
福井　岐阜　埼玉　東京　千葉
島根　鳥取　京都　滋賀　山梨　神奈川
山口　兵庫　愛知　静岡
広島　岡山　大阪　奈良　三重
福岡　大分　香川　和歌山
佐賀
長崎　熊本　愛媛　徳島
宮崎　高知
鹿児島

2 國際禮節！第一次見面時，不同國家有不同的打招呼方式！

はじめまして。　　　Nice to meet you.　　　撒哇滴卡～

日本／日本　　　アメリカ／美國　　　タイ／泰國

實戰演練

1 自我介紹聽寫練習！邊聽音檔邊把空格填上！ 🎧 Track 1.4

①
私は＿＿＿＿＿＿です。
＿＿＿＿＿＿から 来ました。
どうぞ よろしく お願いします。

②
＿＿＿＿＿＿です。
＿＿＿＿＿＿から 来ました。
よろしく お願いします。

③
＿＿＿＿＿＿です。
＿＿＿＿＿＿から 来ました。
よろしく お願い します。

2 好好表現一下囉！找個同伴，兩人都自我介紹吧！

➡ 你和朋友都聊些什麼呢？

揪團學日文可是個超棒的選擇！快拉上好友組個日語學習小隊，一起練口說、比進步，還能記錄下有趣的對話，不僅方便復習，還能發現錯誤並改進。學習日文，團結就是力量！

❶ 夥伴的名字	**❷ 他從哪裡來**	**❸ 練習日期**
❶		
❷		
❸		

打開日語之門

1 認識大家！你認識A,B,C,D這四位來自世界各地的新朋友嗎？試著幫他們與家鄉配 對，送他們回家吧！

> 填空學日語，趣味填空遊戲，一步到位！

① アメリカ

② アフリカ

③ 日本

④ 中国

Ⓐ 王玲／北京

王玲／北京

Ⓑ カナ／ケニア

加納／肯亞

Ⓒ スミス／ニューヨーク

史密斯／紐約

Ⓓ 山田／東京

山田／東京

> 請把正確的國家編號填入空格中！

2 跟同伴練習參考下面的對話，換你和同伴練習囉！

> 換掉紅色字就可以用日語聊天了！

Ⓐ 王玲さんは　中国人ですか。

Ⓑ はい。中国の　北京から　来ました。

Ⓐ 私は　日本の　東京から　来ました。

A：王玲小姐是中國人嗎？

B：是的。我來自中國的北京。

A：我來自日本的東京。

日語初接觸

1 快來記下日語中的數字！邊聽邊練習！ 🎧 Track 1.6

0	1	2	3	4	5	6	7	8	9	10
ゼロ、れい	いち	に	さん	よん、し	ご	ろく	なな、しち	はち	きゅう、く	じゅう

2 先練習唸下面的阿拉伯數字，然後練習唸出自己的電話號碼，並說給你的同伴聽吧！

你的電話號碼

你的銀行密碼

❶ _____ ❷ _____ ❸ _____ ❹ _____

3 學會日常招呼真有禮貌，邊聽邊練習！ 🎧 Track 1.7

❶ おはようございます。／早安。

❷ こんにちは。／你好。

❸ こんばんは。／晚安。

❹ おやすみなさい。／晚安（睡覺前）。

❺ さようなら。／再見。

1 請閱讀以下短文，試著回答下列問題。

はじめまして。私は 楊瑩です。中国から 来ました。父は 中国人です。でも、母は 日本人です。私の 仕事は 女優です。よろしく お願いします。

2 挑戰時間到！讀完上文，回答下列問題，展現你的閱讀實力吧！

❶ 楊さんは （　　）から 来ました。

  ❶中国

  ❷日本

  ❸中国と 日本

  ❹女優

❷ 楊さんの 父は （　　）。

  ❶中国から 来ました

  ❷中国人です

  ❸日本人です

  ❹女優です

3 翻譯大考驗！閱讀文章回答問題後，試著完成翻譯，看看你的雙語實力有多厲害！

幸會。我叫楊瑩，來自中國。我的父親是中國人，但母親是日本人。我的工作是一名女演員。請多多指教。

❶ 楊小姐是從（　　）來的。

  ❶ 中國　　❷ 日本　　❸ 中國及日本　　❹ 女演員

❷ 楊小姐的爸爸（　　）。

  ❶ 來自中國　❷ 是中國人　❸ 是日本人　　❹ 是女演員

答案：❶ 1・❷ 2

-13-

單字總整理！

▶ 剛上完一課，快來進行單字總復習！

寒暄語

● （では）お元気で
請多保重身體

● お願いします
麻煩，請；請多多指教

● おはようございます
〈早晨見面時〉早安，您早

● 失礼しました
請原諒，失禮了

● 失礼します
告辭，再見，對不起

● すみません
〈道歉用語〉對不起，抱歉；謝謝

● では、また
那麼，再見

● どういたしまして
沒關係，不用客氣，算不了什麼

● 初めまして、どうぞよろしく
初次見面，你好，請多指教

● （どうぞ）よろしく
指教，關照

● （どうも）ありがとうございました
謝謝，太感謝了

● 頂きます
〈吃飯前的客套話〉我就不客氣了

● いらっしゃい（ませ）
歡迎光臨

● お休みなさい
晚安

● 御馳走様（でした）
多謝您的款待，我已經吃飽了

● こちらこそ
哪兒的話，不敢當

● 御免ください
有人在嗎

● 御免なさい
對不起

● 今日は
你好，日安

● 今晩は
晚安你好，晚上好

● さよなら／さようなら
再見，再會；告別

-14-

單字總整理！

| 數字 | ● ゼロ【zero】／零[れい]
〈數〉零；沒有 |

● 1[いち]
〈數〉一；第一

● 2[に]
〈數〉二，兩個

● 3[さん]
〈數〉三；三個

● 4／4[し][よん]
〈數〉四；四個

● 5[ご]
〈數〉五；五個

● 6[ろく]
〈數〉六；六個

● 7／7[しち][なな]
〈數〉七；七個

● 8[はち]
〈數〉八；八個

● 9／9[きゅう][く]
〈數〉九；九個

● 10[じゅう]
〈數〉十；第十

● 百[ひゃく]
〈數〉一百

● 千[せん]
〈數〉千；一千

● 万[まん]
〈數〉萬

1 文字、語彙問題

もんだい1 ＿＿＿＿の ことばは ひらがな、カタカナや かんじで どう かきますか。1・2・3・4から いちばん いいものを ひとつ えらんで ください。

① 百
- ❶ ひゃく
- ❷ せん
- ❸ まん
- ❹ ゼロ

② 九
- ❶ しち
- ❷ じゅう
- ❸ きゅう
- ❹ はち

③ 初めまして
- ❶ はつめまして
- ❷ はじめまして
- ❸ はしめまして
- ❹ しょめまして

④ あめりか人
- ❶ アメンカ
- ❷ アイリカ
- ❸ ヤメリカ
- ❹ アメリカ

もんだい2 ＿＿＿＿＿の ぶんと だいたい おなじ いみの ぶん が あります。1・2・3・4から いちばん いいものを ひとつ えらんで ください。

① しつれいします。
- ❶ いってきます。
- ❷ いただきます。
- ❸ さようなら。
- ❹ いかがですか。

② ごめんなさい。
- ❶ よろしく。
- ❷ すみません。
- ❸ ありがとう。
- ❹ おねがいします。

模擬考題

2　文法問題

> もんだい1　（　　　）に　なにを　いれますか。1・2・3・4から
> いちばん　いいものを　ひとつ　えらんで　ください。

① 中山さん（　　　）学生です。

　❶は　　　　　❷か　　　　　❸で　　　　　❹から

② 中国（　　　）　来ました。

　❶で　　　　　❷か　　　　　❸から　　　　❹の

③ あなたは　日本人です（　　　）。

　❶は　　　　　❷か　　　　　❸から　　　　❹で

④ わたしは　大学（　　　）先生です。

　❶は　　　　　❷か　　　　　❸の　　　　　❹から

⑤ A「橋本さんは　日本人ですか。」
　B「（　　　）。そうです。」

　❶さん　　　　❷はい　　　❸です　　　　❹から

⑥ 中山美穂（　　　）。よろしく。

　❶の　　　　　❷はい　　　❸か　　　　　❹です

> もんだい2　したの　ちゅうごくごは　にほんごで　どう　いいます
> か。〈　　　〉のなかの　ことばを　□の　なかに　ただしく　ならべか
> えて　ください。
> 請依照中文的意思，把〈　〉內的日文重新排序，再把號碼填進方格內。

① 初次見面，我叫田中美香，請多指教。

　〈①田中美穂です　②お願いします　③よろしく　④どうぞ　⑤初めまして〉。

　□ → □ → □ → □ → □

② 你是東京大學的學生嗎？

　〈①です　②は　③の　④東京大学　⑤学生　⑥か　⑦あなた〉。

　□ → □ → □ → □ → □ → □ → □

把朋友的朋友都變成朋友吧！

こちらは 山口建太さんです。

看圖記單字

1 各行各業的朋友你都有！ Track 2.1

① 店員 <small>てんいん</small>
店員

⑤ 学生 <small>がくせい</small>
學生

⑨ 作家 <small>さっか</small>
作家

② 看護師 <small>かんごし</small>
護士

「学生」指接受高等教育者，如
專校生、短大生、大學生、研究
生等。

⑩ 運転手 <small>うんてんしゅ</small>
司機

③ 会社員 <small>かいしゃいん</small>
公司職員

⑥ 記者 <small>きしゃ</small>
記者

⑪ 医者 <small>いしゃ</small>
醫生

私は 看護師です。
／我是護士。

あなたは？
／你呢？

⑦ 警察官 <small>けいさつかん</small>
警察

⑫ 歌手 <small>かしゅ</small>
歌手

④ 先生 <small>せんせい</small>
老師

⑧ 主婦 <small>しゅふ</small>
主婦

2 參考對話框說法，跟朋友互相練習一下！ Track 2.2

A：お仕事は？ <small>しごと</small>

您從事什麼工作？

B：医者です。 <small>いしゃ</small>

我是醫生。

靈活應用

▶ 全新亮相的男子偶像團體！兩位成員來自不同國家，還有各自的職業背景，
這樣的組合是不是讓人充滿好奇呢？快來聽聽電台DJ的精彩採訪，認識他們
的故事吧！接著，和同伴輪流扮演偶像和DJ，趣味十足練習日語會話！

Track 2.3

名前	国	仕事	住まい
山口建太	日本	先生	東京
金明俊	韓国	店員	ソウル

DJ こちら❶は 山口建太さんです。

健太 皆さん、こんにちは。山口建太です。日本から 来ました。どうぞ よろ
しく。

DJ 山口さんの お住まい❷は 横浜ですか。

健太 いいえ、横浜では ありません❸。東京です。

DJ こちらは 金明俊さんです。

明俊 皆さん、こんにちは。金明俊です。私は 韓国から 来ました。よろしく。

DJ 金さんの お住まいは ソウルですか。

明俊 はい、そうです。

文法重點提要

❶ こちら
❷ お[名詞]
❸ はい／いいえ；
[人]は[名詞]です／ではあ
りません

細解說請見下頁 ➡

DJ ：這位是山口建太先生。

建太：大家好，我是山口建太。我來自日本。請大
家指教。

DJ ：山口先生住在橫濱嗎？

建太：不是，不在橫濱，而是東京。

DJ ：這位是金明俊先生。

明俊：大家好，我是金明俊。我來自韓國，請指教。

DJ ：金先生住在首爾嗎？

明俊：是的，沒錯。

文法重點說明

① こちらは　山口建太さんです。　　這位是山口建太先生。

「こちら」用在指人或事物，表示「這一位」、「這裡」。在正式場合，尤其是介紹他人時，使用「こちら」會顯得更加禮貌。適合用在介紹長輩、上司或尊敬的人。對平輩或較熟悉的人，可使用「この人」（這個人）。

例 こちらは　山田先生です。　　這一位是山田老師。

> 咦？站在田中先生旁邊這位文質彬彬的先生是誰啊？

> 經過田中先生介紹，原來「こちら」（這位）是山田老師啊！

例 こちらは　医者の王さんです。　　這一位是王醫師。

例 この　人は　私の　友達です。　　這個人是我的朋友。

② 山口さんの　お住まいは　横浜ですか。　　山口先生住在橫濱嗎？

☑ お [人相關的詞]　　尊稱或表示禮貌的 [人相關的詞]

「お住まい」：其中的「お」是表尊敬的接頭詞，用在和人相關的詞前，表示對對方的尊重。適用在表達對他人的住所、名字、職業等尊敬。例如：「お名前」（您貴姓）、「お仕事」（您從事的工作）、お住まい（您的住所）等。

③ いいえ、横浜では　ありません。　　不，不是橫濱。

「いいえ」：用在否定回答，意為「不是」。相對詞：「はい」（是的）用在肯定回答，或承認對方的說法。

例 A: あなたは　学生ですか。　　你是學生嗎？

例 B: はい、そうです。　　是的，我是。

例 C: いいえ、そうではありません。私は　先生です。　　不，不是的，我是老師。

☑ [人] は [名詞] ではありません　　[人] 不是 [名詞]

「ではありません」：是「です」的否定形式，表示「不是」。用在較正式或禮貌的場合。

「じゃありません」：是「ではありません」的口語形式，用在較隨意的場合。「じゃ」是「では」的音變形式，聽起來更自然輕鬆。

例 花子は　学生じゃ　ありません。　　花子不是學生。
▶「花子」（花子）是主語，表示被描述的人；「学生」（學生）是補語，表示被否定的身份；「じゃありません」是「ではありません」的口語形式，用於禮貌地否定補語。句型用來表達某人（花子）的身份否定（花子不是學生）。

例 私は　先生じゃ　ありません。　　我不是老師。

　　「ではありません」的縮略形式：可進一步縮略為「じゃない」，適用在更加隨便的對話。

1　認識新朋友！想在網路上認識新朋友，就先來看看她的個人資料吧！

2　請幫佐藤小姐回答她的個人資料，接著再聽一次音檔，看看是不是答對了呢？ Track 2.4

1　お名前は？ ＿＿＿＿＿＿＿です。

2　お国は？ ＿＿＿＿＿＿＿です。

3　お仕事は？ ＿＿＿＿＿＿＿です。

4　お住まいは？ ＿＿＿＿＿＿＿です。

答案及翻譯詳見P144

● 想要多交新朋友，請參考以下說法，找朋友練習一下！

お名前は？

您的大名是？

佐藤ゆりです。

我叫佐藤百合。

れんしゅう

想隨時關注對方，保持聯絡，
你還可以聊些什麼呢？

單字：フェイスブック (Facebook)

例句：フェイスブックの名前は？
你 FB 的名字是什麼？

-21-

實戰演練

1 填填看！已經作過互相介紹的會話練習，現在請填上簡單的個人資料，找朋友演練一遍，就可以上網交日本朋友了！

名前（なまえ）

国（くに）

仕事（しごと）

住まい（す）

生日：7/22

曾就讀××大學

感情狀態：一言難盡

● 哎呀！對方會錯意了，該怎麼回答呢？

佐藤（さとう）さんは　アメリカ人（じん）ですか。

● 佐藤小姐是美國人嗎？

× いいえ、佐藤（さとう）さんは　アメリカ人（じん）ではありません。日本人（にほんじん）です。

● × →不，佐藤小姐不是美國人。是日本人。

○ はい、アメリカ人（じん）です。

● ○ →是的，是美國人。

2 請根據佐藤小姐的個人資料，回答下列問題，填寫完再聽音檔，看看自己答對了嗎？

① 佐藤（さとう）さんは　日本人（にほんじん）ですか。

Track 2.5

_____。

② 佐藤（さとう）さんは　店員（てんいん）ですか。

_____。

③ 佐藤（さとう）さんの　お住まい（す）は　東京（とうきょう）ですか。

_____。

答案及翻譯詳見P144

▶ 對話練習！您已經跟佐藤小姐成為好朋友了，現在您要介紹佐藤小姐給田中先生。 Track 2.6

あなた 田中さん、こちらは 佐藤さんです。
佐藤さん、こちらは 田中さんです。
佐藤 佐藤です。どうぞ よろしく。
田中 田中です。どうぞ よろしく。

你 ：田中先生，這位是佐藤小姐。佐藤小姐，
　　　這位是田中先生。
佐藤：我叫佐藤，請多指教。
田中：我叫田中，請多指教。

讀解練習

1 請閱讀以下短文，試著回答下列問題。

地球の　皆さん、こんにちは。私は　宇宙人です。地球人では　ありません。名前は　宇宙タロウです。仕事は　地球の　研究です。今の　住まいは　月です。よろしく　お願いします。

2 挑戰時間到！讀完上文，回答下列問題，展現你的閱讀實力吧！

❶ 「私」の　仕事は　（　　）です。

   ❶宇宙の　研究

   ❷地球の　研究

   ❸月の　研究

   ❹宇宙人

❷ 「私」の　今の　住まいは　（　　）です。

   ❶中国

   ❷日本

   ❸地球

   ❹月

3 翻譯大考驗！閱讀文章回答問題後，試著完成翻譯，看看你的雙語實力有多厲害！

> 各位地球人，大家好！
> 我是外星人，不是地球人。我的名字叫宇宙太郎，從事地球研究的工作，目前居住在月亮上。請大家多多關照！

❶「我」的工作是（　　）。

   ❶ 宇宙的研究　　❷ 地球的研究　　❸ 月球的研究　　❹ 外星人

❷「我」現在的居住地是（　　）。

   ❶ 中國　　　　❷ 日本　　　　❸ 地球　　　　❹ 月球

解答：❶2、❷4

單字總整理！

▶ 剛上完一課，快來進行單字總復習！

學校

● **生徒** せいと
〈中學、高中〉學生

● **先生** せんせい
老師；醫生

● **学生** がくせい
學生

工作

● **医者** いしゃ
醫生，大夫

● **お巡りさん** まわ
〈俗稱〉警察，巡警

● **仕事** しごと
工作；職業

● **警官** けいかん
警官，警察

● **会社** かいしゃ
公司；商社

郵局

● **葉書** はがき
明信片

● **切手** きって
郵票

● **手紙** てがみ
信，函

● **封筒** ふうとう
信封，封套

● **切符** きっぷ
票，車票

● **ポスト**【post】
郵筒，信箱

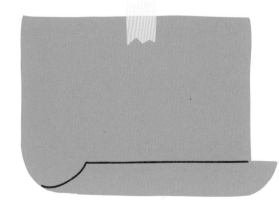

1 文字、語彙問題

> もんだい1 _____の ことばは ひらがな、カタカナや かんじ
> で どう かきますか。1・2・3・4から いちばん いいものを
> ひとつ えらんで ください。

① 先生

　① せんせ　　　② せんせい　　　③ せいせい　　　④ せんせえ

② 医者

　① いっしゃ　　② いしや　　　③ いっしゃあ　　④ いしゃ

③ 会社

　① かいじゃ　　② かいしゃ　　③ がいしゃ　　　④ かいしや

④ 切手

　① きって　　　② きて　　　　③ きっで　　　　④ きで

⑤ ふうとう

　① 封胴　　　　② 封洞　　　　③ 封菌　　　　　④ 封筒

⑥ ぽすと

　① ポスメ　　　② ポヌト　　　③ オスと　　　　④ ポスト

> もんだい2 _____の ぶんと だいたい おなじ いみの ぶん
> が あります。1・2・3・4から いちばん いいものを ひとつ
> えらんで ください。

① たなかさんは ソウルから きました。

　① たなかさんは にほんじんです。　② たなかさんは ちゅうごくじんです。
　③ たなかさんは かんこくじんです。　④ たなかさんは アメリカじんです。

② たなかさんは おまわりさんです。

　① たなかさんは せんせいです。　② たなかさんは いしゃです。
　③ たなかさんは けいかんです。　④ たなかさんは がくせいです。

2　文法問題

もんだい１　（　　　）に　なにを　いれますか。１・２・３・４から　いちばん　いいものを　ひとつ　えらんで　ください。

① A「あなたは　日本人ですか。」
B「（　　　）、日本人では　ありません。」
❶いいえ　❷はい　❸そうです　❹どうぞ

②（　　　）住まいは　おおさかですか。
❶の　❷お　❸か　❹に

③ 楊さん（　　　）お仕事は　先生ですか。
❶か　❷の　❸に　❹で

④ A「あなたは　お巡りさんですか。」
B「はい、（　　　）。」
❶お巡りさんですか　❷お巡りさんでは　ありません
❸そうですか　❹そうです

⑤ A「失礼ですが、お名前は。」
B「（　　　）。」
❶楊です　❷先生です　❸ソウルです　❹大学です

もんだい２　したの　ちゅうごくごは　にほんごで　どう　いいますか。〈　　〉のなかの　ことばを　□の　なかに　ただしく　ならべかえて　ください。
請依照中文的意思，把〈　　〉內的日文重新排序，再把號碼填進方格內。

① 橋本先生是住東京嗎？
〈①か　②東京です　③の　④お住まい　⑤橋本さん　⑥は〉。
□→□→□→□→□→□

② 各位，這位是臺灣的王先生。
〈①は　②台湾　③の　④王さんです　⑤こちら　⑥皆さん〉。
□→□→□→□→□→□

3 請進！別客氣，當自己的家囉～

それは 私の くつしたです。

看圖記單字

1 聽聽看！再大聲唸出來！ (Track 3.1)

① ソファー／沙發
② 窓（まど）／窗戶
③ カーテン／窗簾
④ 箸（はし）／筷子
⑤ 電気スタンド（でんき）／檯燈
⑥ 時計（とけい）／時鐘
⑦ 花瓶（かびん）／花瓶
⑧ テーブル／桌子
⑨ いす／椅子
⑩ 本棚（ほんだな）／書架
⑪ 絵（え）／圖畫
⑫ ドア／門

2 找找家中傢俱的單字，並參考下列對話和朋友練習一下！ (Track 1.1)

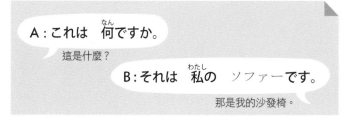

A：これは 何（なん）ですか。
　　這是什麼？

B：それは 私（わたし）の ソファーです。
　　那是我的沙發椅。

注解：
日文中「沙發」一詞，書寫通常傾向使用「ソファ」，口説時常唸作「ソファー」，但也沒有太硬性的規定。

靈活應用

▶ 花子來到好友小金的房間，發現房間亂成一團。接著，讓我們來聽聽她們的對話吧！原來，小金最喜歡的偶像竟然是…… Track 3.3

花子　これは　何❶ですか。

小金　それは　私の　くつしたです。

花子　この　かばんも、金さんのです❷か。

小金　いいえ、そうでは　ありません❸。妹のです。

花子　これは、タオルと　ハンカチ❹ですか。

小金　はい、そうです。

花子　キムタクの　ポスターは　どれですか。

小金　あれです。

文法重點提要

❶ これ／それ／あれ／この／
その／あの；何（なに／なん）
❷ [名詞]も（付加）；
[人]のです（所有）
❸ そうです／ではありません
❹ [名詞]と[名詞]

細解說請見下頁 ➡

花子：這是什麼？
小金：這是我的襪子。
花子：這個包包也是金小姐的嗎？
小金：不，不是的。那是我妹妹的。
花子：這是毛巾和手帕嗎？
小金：是的，沒錯。
花子：請問木村拓哉的海報是哪一個呢？
小金：是那個。

● 好好表現一下囉！找出插畫中其它的物品，並參考上面的對話，跟同伴做練習。

それは　私の＿＿＿＿です。

文法重點說明

① これは　何_{なん}ですか。　　這是什麼？

日語中，指示代名詞有四大系列，用來區分事物或位置相對說話者和聽話者的距離和範圍，而中文只有「這個」與「那個」，因此需要特別注意日語的指示代名詞分類。日語的四大指示詞系列：

こ系列—說話者附近的事物或位置。

そ系列—聽話者附近的事物或位置。

あ系列—說話者、聽話者範圍以外。

ど系列—不確定或疑問的事物或位置。

	事物	事物	場所	方向	範圍
こ	これ 這個	この 這個	ここ 這裡	こちら 這邊	說話者一方
そ	それ 那個	その 那個	そこ 那裡	そちら 那邊	聽話者一方
あ	あれ 那個	あの 那個	あそこ 那裡	あちら 那邊	說話者、聽話者以外的
ど	どれ 哪個	どの 哪個	どこ 哪裡	どちら 哪邊	是哪個不確定的

▼これ／それ／あれ／どれ

這組指示代名詞用來單獨指代物品。これ（這個）指靠近說話者的事物。「それ」（那個）指靠近聽話者的事物。「あれ」（那個）指說話者與聽話者範圍以外的事物。「どれ」（哪個）表示不確定或疑。

例 A: これは　何_{なん}ですか。　　這是什麼？

例 B: それは　山田_{やまだ}さんの　パソコンです。　　那是山田先生的電腦。

▼この／その／あの／どの

這組指示代名詞不能單獨使用，必須連接名詞，修飾具體的對象。この（這個）修飾靠近說話者的名詞。その（那個）修飾靠近聽話者的名詞。あの（那個）修飾說話者與聽話者範圍以外的名詞。どの（哪個）修飾不確定的名詞，表示疑問。

例 この　人_{ひと}は　中山_{なかやま}さんです。　　這個人是田中先生。

例 これは　いすです。　　這是椅子。

「何（なに）／（なん）」表示對事物或情況的疑問，可譯為「什麼」。根據後續詞語的發音或語法搭配，會讀作「なに」或「なん」。唸「なに」的情況「何が」、「何を」、「何も」等；唸「なん」的情況：「何だ」、「何の」或詢問數字時；自由唸法：「何で」、「何に」、「何か」等，可唸「なに」或「なん」。

例 これは　何_{なん}ですか。　　這是什麼呢？

例 それは　何_{なに}もの　ですか。　　那是什麼東西？

② この　かばんも、金さんのですか。　　這個包包也是金小姐的嗎？

☑ ［名詞］も　　　也［名詞］

「も」表示與前述事物的性質或情況相同。用在對已有的情況追加相似的內容。

例 山田さんは　医者です。鈴木さんも　医者です。　　山田先生是醫生。鈴木先生也是醫生。

☑ ［人］のです　　…的

「の」表示所有關係，替代重複出現的名詞，使表達更加簡潔。

例 A: この　時計は　誰のですか。　　這個時鐘是誰的？
▶「この時計」（這隻手錶）是主題，表示被詢問的物品；「誰の」（誰的）是補語，詢問手錶的所有者；「か」是疑問助詞，用於表示提問。句型用來詢問某物（這隻手錶）的所有權或歸屬是（誰的）。

例 B: 私の　時計です。＝私のです。　　那時鐘是我的。＝是我的。
▶「私の」（我的）是修飾語，表示手錶的所有者；「時計」（手錶）是主語，說明被描述的物品。句型用來陳述某物（手錶）的所有權或歸屬（屬於我）

③ いいえ、そうでは　ありません。　　不，不是的。

☑ そうでは　ありません　　不是那樣

上面的用法，是肯定句「そうです」（是的）的相對詞，用在否定對方的說法，意思是「不是的」、「不那樣」。「そうじゃありません」較隨意的口語表現，適用在日常對話。

例 A: それは　鉛筆ですか。　　那是鉛筆嗎？

例 B: いいえ、そうでは　ありません。ペンです。　　不，不是的，是原子筆。

④ これは　タオルと　ハンカチですか。　　這是毛巾和手帕嗎？

☑ ［名詞］と［名詞］　　　［名詞］和、與［名詞］

「と」表示幾個事物的並列，用在清楚完全列舉所有提到的內容。

例 これは　猫と　犬です。　　這是貓和狗。
▶「これ」（這個）是主語，表示被說明的事物；「猫と犬」（貓和狗）是補語，列舉主語的內容；「と」用於連接名詞，表示兩者並列。句型用來說明主語（這個）包含兩項內容（貓和狗）。

例 朝は　パンと　紅茶です。　　早上吃麵包和喝紅茶。

▶ こそあど系列

これ

それ

あれ

どれ

👥 👤	連體詞	指示代名詞
指離說話者近的事物	この〜／這〜	これ／這個
指離聽話這近的事物	その〜／那〜	それ／那個
指說話者、聽話者範圍以外的事物	あの〜／那〜	あれ／那個
只是物的不確定和疑問	どの〜／哪〜	どれ／哪個

▶ 聽力練習ア！花子在跟朋友介紹她身邊的東西，請把正確的單字號碼填在 ◯ 中。 Track 3.4

單字

1 ねこ
2 ソファー
3 かばん
4 携帯（けいたい）
5 本（ほん）
6 テレビ
7 池（いけ）
8 花（はな）
9 鳥（とり）

中譯

貓
沙發
包包
手機
書
電視
人造池塘
花
鳥

答案詳見 P144 ➡

實戰演練

1 聽力練習イ！花子非常喜歡動物，一到動物園便興奮地問個不停。花子問的 Track 3.5 是哪個動物呢？請聽音檔，把正確的動物日文名稱填入空白處。

① _____ ② _____ ③ _____ ④ _____

⑤ _____ ⑥ _____ ⑦ _____ ⑧ _____

答案詳見 P145 ➔

2 動物的說法都學會了嗎？請參考下面的對話，跟朋友做練習。

🔵 換掉紅色字就可以用日語聊天了～

> A これは ぞうですね。
> B はい、そうです。
> A あれは 豚(ぶた)ですね。
> B いいえ、豚(ぶた)では ありません、犬(いぬ)です。

A：這是大象吧？
B：是的。沒錯。
A：那是豬吧？
B：不，不是豬，是狗。

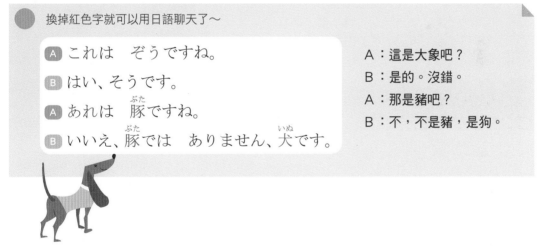

3 將動物分類為「陸上動物」「海洋動物」「飛行動物」等，將單字歸類到正確類別中！

たか	いるか	コウモリ	かめ	とり
きりん	ねこ	ライオン	さかな	

❶ 陸上動物	❷ 海洋動物	❸ 飛行動物
①		
②		
③		

▶ 造句練習！將順序混亂的字詞，組合成文意通順的句子。

例：は／です／これ／いす ➡ これは　いすです。（這是椅子。）

の／は／です／花子（はな こ）／ギター／それ

❶ _____

の／太郎（た ろう）／は／その／テーブル／です

❷ _____

花瓶（か びん）／です／カーテン／は／と／あれ

❸ _____

答案詳見 P145 ➡

● 送禮小短文

　　到老朋友家作客，帶上一份伴手禮，不僅是禮尚往來的基本禮儀，更是展現對主人的尊重與心意。看似簡單的送禮，背後其實隱藏著深厚的文化與學問！提到「送禮」，就不得不讓人想到日本那多禮又細膩的送禮文化。

　　在日本，送禮不僅是表達謝意的方式，更是一門深植於日常生活的藝術。他們從年初到年尾都有送禮的習俗，每個節慶或場合都有特定的送禮規範，形成了一套縝密的送禮哲學。

　　根據調查，日本人普遍喜歡實用的禮物，例如罐頭、海鮮、醬菜等食品，或者禮券、清潔劑、酒類、飲品及水果等，都非常受歡迎。不過話說回來，無論禮物是什麼，最重要的還是讓對方感受到你的用心與誠意。送禮，其實送的是一份真摯的情感呢！

讀解練習

1 請閱讀以下短文，試著回答下列問題。

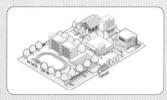

　　これは　私の　学校です。校舎の　前は、校庭です。校庭の　端は、駐車場です。あの　車は、校長先生のです。あれは　体育館です。その隣は　プールです。プールの　後ろは、物置です。あの　物置は、幽霊の　家です。これは、秘密です。

2 挑戰時間到！讀完上文，回答下列問題，展現你的閱讀實力吧！

❶ 校舎の　前の　端は　何ですか。

　　❶校庭です。

　　❷駐車場です。

　　❸体育館です。

　　❹プールです。

❷ （　　）は　幽霊の　住まいです。

　　❶校舎

　　❷校長先生の　車

　　❸体育館

　　❹物置

3 翻譯大考驗！閱讀文章回答問題後，試著完成翻譯，看看你的雙語實力有多厲害！

　　　這是我的學校。校舍的前面是操場，操場的最尾端是停車場。那輛車是校長先生的。那邊是體育館，體育館的旁邊是游泳池。游泳池的後面是一間儲藏室，而那間儲藏室據說是鬼住的地方。這可是個秘密喔！

❶ 校舍前面的尾端是什麼呢？

　❶ 是操場。　　❷ 是停車場。　　❸ 是體育館。　　❹ 是游泳池。

❷ （　　）是鬼住的地方。

　❶ 校舍　　　❷ 校長先生的車 ❸ 體育館　　　❹ 儲藏室

單字總整理！

▶ 剛上完一課，快來進行單字總復習！

臥室

● ベッド【bed】
床，床鋪

● 窓（まど）
窗戶

● 電気（でんき）
電力；電燈

生活用品

● 机（つくえ）
桌子，書桌

● 椅子（いす）
椅子

● 時計（とけい）
鐘錶，手錶

● 電話（でんわ）
電話；打電話

● 本棚（ほんだな）
書架，書櫃

● ラジカセ【（和）radio＋cassette 之略】
錄放音機

● 冷蔵庫（れいぞうこ）
冰箱

● 花瓶（かびん）
花瓶

● テーブル【table】
桌子；餐桌

● テープレコーダー【tape recorder】
磁帶錄音機

● テレビ【television】
電視

● ラジオ【radio】
收音機

● 石けん（せっけん）
香皂，肥皂

● ストーブ【stove】
火爐，暖爐

空間

● 部屋（へや）
房間；屋子

● シャワー【shower】
淋浴；驟雨

● トイレ【toilet】
廁所，洗手間，盥洗室

● 台所（だいどころ）
廚房

● 玄関（げんかん）
〈建築物的〉正門，前門，玄關

● 階段（かいだん）
樓梯，階梯，台階

● お手洗い（おてあらい）
廁所，洗手間

● 風呂（ふろ）
浴缸；洗澡

單字總整理！

<table>
<tr><td colspan="2" align="center">

代名詞

</td></tr>
</table>

● **これ**
これ
這個，此；這人；現在，此時

● **それ**
那，那個；那時，那裡；那樣

● **あれ**
那，那個；那時；那裡

● **どれ**
哪，哪個

● **ここ**
這裡；〈表程度，場面〉此，如今；
〈表時間〉近來，現在

● **そこ**
那兒，那邊

● **あそこ**
那兒，那邊

● **どこ**
何處，哪兒，哪裡

● **こちら**
這邊，這裡，這方面；這位；我，
我們〈口語為 " こっち "〉

● **そちら**
那兒，那裡；那位，那個；府上，
貴處〈口語為 " そっち "〉

● **あちら**
那兒，那裡；那位，那個；府上，
貴處〈口語為 " そっち "〉

● **どちら**
〈方向，地點，事物，人等〉哪裡，
哪個，哪位〈口語為 " どっち "〉

● **この**
這，這個

● **その**
那，那個

● **あの**
〈表第三人稱，離說話雙方都距離
遠的〉那裡，那個，那位

● **どの**
哪個，哪

● **こんな**
這樣的，這種的

● **どんな**
什麼樣的；不拘什麼樣的

● **誰**
だれ
誰，哪位

● **誰か**
だれ
誰啊

● **どなた**
哪位，誰

● **何／何**
なに なん
什麼；任何；表示驚訝

1 文字、語彙問題

もんだい1 ＿＿＿の ことばは ひらがな、カタカナや かんじで どう かきますか。1・2・3・4から いちばん いいものを ひとつ えらんで ください。

❶ お風呂

❶ ふれ　　　　❷ ふろ　　　　❸ ぶろ　　　　❹ ふら

❷ 時計

❶ どけい　　　❷ とけい　　　❸ とうけい　　❹ とげい

❸ 冷蔵庫

❶ れえぞうこ　❷ れいそうこ　❸ れいぞうこう　❹ れいぞうこ

❹ まど

❶ 迷　　　　　❷ 戸　　　　　❸ 窓　　　　　❹ 的

❺ へや

❶ 倍屋　　　　❷ 部尾　　　　❸ 部屋　　　　❹ 剖屋

❻ てーぶる

❶ テーブル　　❷ テーブレ　　❸ テーブラ　　❹ ラーブロ

もんだい2 ＿＿＿＿の ぶんと だいたい おなじ いみの ぶんが あります。1・2・3・4から いちばん いいものを ひとつ えらんで ください。

❶ いいえ、ちがいます。

❶ はい、そうです　　　　　　　❷ いいえ、そうです。

❸ いいえ、そうでは ありません。❹ はい、そうでは ありません。

❷ あの ひとは どなた ですか。

❶ あの ひとの しごとは なんですか。❷ あの ひとの いえは どこですか。

❸ あの ひとの なまえは なんですか。❹ あの ひとの かいしゃは どこですか。

模擬考題

2 文法問題

> もんだい1 （　　　）に　なにを　いれますか。1・2・3・4から
> いちばん　いいものを　ひとつ　えらんで　ください。

❶ A「この　時計は　だれの　ですか。」

　　B「あ、それは　わたし（　　　）　です。」

　　❶か　　　　　　❷の　　　　　　❸を　　　　　　❹が

❷ 楊さんは　台湾人です。林さん（　　　）台湾人です。

　　❶と　　　　　　❷や　　　　　　❸も　　　　　　❹か

❸ 皆さん、こちらは　ジョンさん（　　　）　アンナさんです。

　　❶や　　　　　　❷か　　　　　　❸の　　　　　　❹と

❹ A「それは　（　　　）ですか。」

　　B「机です。」

　　❶どの　　　　　❷だれ　　　　　❸机　　　　　　❹何

❺ A「（　　　）いすは　あなたのですか。」

　　B「いいえ、違います。」

　　❶どの　　　　　❷何　　　　　　❸これ　　　　　❹この

❻ A「これは（　　　）　のですか。」

　　B「はい、わたしのです。」

　　❶その　人　　　❷だれ　　　　　❸わたし　　　　❹あなた

> もんだい2　したの　ちゅうごくごは　にほんごで　どう　いいます
> か。〈　　〉のなかの　ことばを　□の　なかに　ただしく　ならべか
> えて　ください。
> 請依照中文的意思，把〈　　〉內的日文重新排序，再把號碼填進方格內。

❶ 那是田中先生的收音機。

　　〈① です　② は　③ それ　④ 田中さん　⑤ ラジオ　⑥ の〉。

　　[　　] → [　　] → [　　] → [　　] → [　　] → [　　]

❷ 這房間是花子的嗎？

　　〈① 花子　② は　③ 部屋　④ か　⑤ この　⑥ です　⑦ の〉。

　　[　　] → [　　] → [　　] → [　　] → [　　] → [　　] → [　　]

為你介紹，這是我奶奶！
この人はどなたですか。

看圖記單字

▶ 聽聽看！再大聲唸出來！ Track 4.1

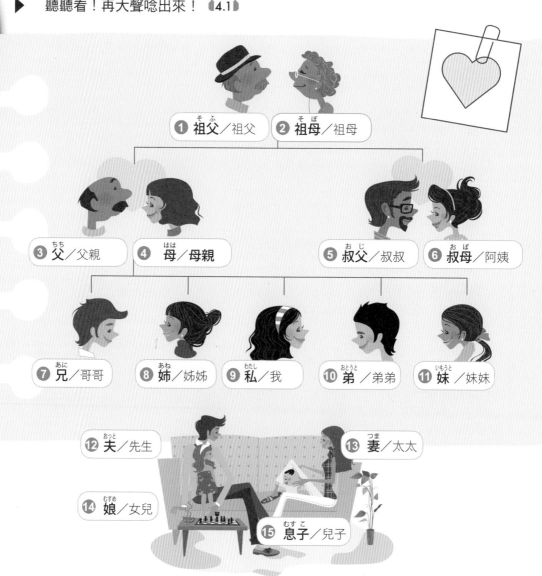

① そふ 祖父／祖父　② そぼ 祖母／祖母

③ ちち 父／父親　④ はは 母／母親　⑤ おじ 叔父／叔叔　⑥ おば 叔母／阿姨

⑦ あに 兄／哥哥　⑧ あね 姉／姉姉　⑨ わたし 私／我　⑩ おとうと 弟／弟弟　⑪ いもうと 妹／妹妹

⑫ おっと 夫／先生　⑬ つま 妻／太太

⑭ むすめ 娘／女兒　⑮ むすこ 息子／兒子

▶ 蓮和結衣正在看結衣家人的照片，結衣向蓮介紹了自己的家人。想知道怎麼用
日文介紹家人嗎？快拿出自己的全家福，一邊參考對話，一邊和同伴一起練習
吧！這可是練習日常會話的絕佳機會喔！ **Track 4.2**

蓮 これは　どなた❶ですか。

結衣 姉（あね）です。

蓮 お姉（ねえ）さんは　おいくつ❷ですか。

結衣 ２８歳（にじゅうはっさい）❸です。

蓮 この　人（ひと）は　どなたですか。

結衣 兄（あに）です。兄（あに）は　セールスマンです。

蓮 お兄（にい）さんの　会社（かいしゃ）は　どちら❹ですか。

結衣 ＡＢＣ（エービーシー）貿易（ぼうえき）です。

蓮 ああ、くつの　会社（かいしゃ）ですね❺。

　蓮　：請問這是哪一位呢？

結衣：這是家姊。

　蓮　：請問令姊幾歲呢？

結衣：二十八歲。

　蓮　：請問這位是誰呢？

結衣：這是家兄。家兄是業務員。

　蓮　：請問令兄的公司是哪一家呢？

結衣：ABC 貿易公司。

　蓮　：喔，是那家專做鞋子的公司吧。

文法重點提要
❶ 誰／どなた
❷ いくつ（歲）
❸ [數字]歲
❹ どちら
❺ [句子]ね

細解說請見下頁

文法重點說明

解剖對話的秘密 ← 細細解析文法重點,讓你學得紮實!

① これは　どなたですか。　　請問這是哪一位呢?

　　「だれ」用在詢問人的身份或名字等,屬於不定稱的疑問詞,相當於中文的「誰」。更有禮貌的說法是「どなた」,可適用在正式場合或對年長者、陌生人。可譯作「哪位」。如果需進一步禮貌,可以將句尾加上「でしょうか」。

> **例** あの　人は　だれですか。　　那個人是誰?
> ▶「あの人」(那個人)是主語;「だれ」(誰)是補語,詢問主語的身份。

> **例** あなたは　どなたですか。　　您是哪位呢?

> **例** こちらは　どなたでしょうか。　　這位是哪一位呢?

② お姉さんは　おいくつですか。　　請問令姊幾歲呢?

> ☑ お[いくつ]　　您[幾歲]?

　　「いくつ」表示數量或年齡的不定稱疑問詞。用在詢問年齡時。禮貌地詢問他人年齡時,用「おいくつ」更加禮貌。

> **例** おいくつですか。　　請問您幾歲?

> **例** あの　人は　おいくつですか。　　請問那一位幾歲了?
> ▶「あの人」(那個人)是主語;「おいくつ」(幾歲)是補語,詢問主語的年齡。

③ ２８歳です。　　二十八歲。

> ☑ [數字]歳　　[數字]歲

　　表示年齡時,助數詞「歳」接在數字後面。若詢問年齡,使用疑問詞「何歲(なんさい)」或更禮貌的「おいくつ」。

> **例** 妹は　8歳です。　　我妹妹八歲。

> **例** お姉さんは　何歳ですか。　　你姊姊幾歲?

④ お兄さんの　会社は　どちらですか。　　請問令兄的公司是哪一家呢?

　　「どちら」的用法,1.場所與方向,表示不確定或不特定的場所或方向;2.詢問公司,禮貌地詢問對方的工作場所或服務公司時。

⑤ ああ、くつの　会社ですね。　　喔,是那家專做鞋子的公司吧。

> ☑ [句子]ね　　[句子] 吧、對吧;呢、呀、喔

　　「ね」表示輕微的感嘆,或徵求對方的認同與確認,基本上使用在說話人認為對方也知道的事物上。與「よ」的區別,「よ」強調或提醒。

> **例** 今日は　暑いですね。　　今天真熱啊!—徵求認同

> **例** あなたは　学生ですね。　　你是學生吧!—確認

> **例** 桜ちゃんは　二十歳ですね。　　小櫻二十歲吧!—確認

> **例** 桜が　綺麗ですよ。　　櫻花真的很美喔!—強調

1 數字跟年齡！邊聽邊練習，並參考下面的例句，跟同伴介紹自己的家人跟年齡。 Track 4.3

11 じゅういち	**12** じゅうに	**13** じゅうさん	**14** じゅうよん、じゅうし	**30** さんじゅう	**40** よんじゅう	**50** ごじゅう
15 じゅうご	**16** じゅうろく	**17** じゅうなな、じゅうしち	**18** じゅうはち	**60** ろくじゅう	**70** ななじゅう	**80** はちじゅう
19 じゅうきゅう、じゅうく	**20** にじゅう			**90** きゅうじゅう	**100** ひゃく	

Ⓐ これは　だれですか。
Ⓑ 兄（あに）です。
Ⓐ おいくつですか。
Ⓑ ２５歳（にじゅうご さい）です。

A：這位是誰？
B：是我哥哥。
A：他幾歲了？
B：二十五歲。

2 要注意的「歲數」日語唸法！ Track 4.4

1　1歳（いっさい）／一歲
2　2歳（にさい）／兩歲
3　3歳（さんさい）／三歲
4　4歳（よんさい）／四歲
5　5歳（ごさい）／五歲
6　6歳（ろくさい）／六歲
7　7歳（ななさい）／七歲
8　8歳（はっさい）／八歲
9　9歳（きゅうさい）／九歲

10　10歳（じゅっさい）・10歳（じっさい）／十歲
11　20歳（はたち）／二十歳

20歳（はたち）の　お誕生日（たんじょうび）おめでとう。
二十歲生日，恭喜！

在日語中，表示年齡時，大多數情況下只需在數字後面加上「歲」。然而，也有一些特例的唸法需要特別注意哦！例如，「二十歲」並不唸作「にじゅっさい」，而是唸作「はたち」。記憶小技巧是：1.將1歲、8歲、10歲和20歲的特別唸法記作一組，加強練習；2.把「はたち」聯想到成年禮，以便加深印象！

1 對話練習ア！住家附近的大公園總是這麼熱鬧！鄰居不管男女老少都愛來公園走走。 話說回來，哪個人是…？請參考對話，再跟同伴聊聊圖片中的人們。

A	あの 人は だれですか。	A：那個人是誰？
B	高橋さんです。	B：是高橋小姐。
A	高橋さんは 先生ですか。	A：高橋小姐是老師嗎？
B	はい、そうです。	B：是的，沒錯。

其它參考對話詳見P145

2 家族的稱呼，邊聽邊練習！ Track 4.6

中譯	祖父	祖母	姑姑、阿姨等	叔叔、舅舅等	父親	母親	哥哥	姊姊	弟弟	妹妹
稱呼自己家族	祖父 そふ	祖母 そぼ	叔母・伯母 おば おば	叔父・伯父 おじ おじ	父 ちち	母 はは	兄 あに	姉 あね	弟 おとうと	妹 いもうと
尊稱他人家族	おじいさん	おばあさん	おばさん	おじさん	お父さん とう	お母さん かあ	お兄さん にい	お姉さん ねえ	弟さん おとうと	妹さん いもうと

▶ 對話練習イ！請把下方圖 1～4 當作是您的家人，參考以下的對話，跟同伴介紹他們的工作，並要注意不同的稱呼方式喔！ Track 4.7

❶ 父（ちち）	❷ 姉（あね）	❸ 兄（あに）	❹ 妹（いもうと）
研究員（けんきゅういん）／ ABC（エービーシー） 製薬（せいやく）／薬（くすり）	事務員（じむいん）／大原（おおはら） 組（ぐみ）／建設（けんせつ）	セールスマン／ 朝日（あさひ） 自動車製作所（じどうしゃせいさくしょ）／車（くるま）	会社員（かいしゃいん）／ふじ株式会社（かぶしきがいしゃ） ／コンピューター
父親／研究員／ ABC 製藥公司／藥品	姊姊／事務員／ 大原組／建設	哥哥／推銷員／朝日汽 車製造工廠／汽車	妹妹／公司職員／富士 股份有限公司／電腦

Ⓐ 父（ちち）は 研究員（けんきゅういん）です。
Ⓑ お父（とう）さんの 会社（かいしゃ）は どちらですか。
Ⓐ ABC（エービーシー）製薬（せいやく）です。
Ⓑ 何（なん）の 会社（かいしゃ）ですか。
Ⓐ 薬（くすり）の 会社（かいしゃ）です。

お父（とう）さんの会社（かいしゃ）はどちらですか。

父（ちち）は研究員（けんきゅういん）です。

A：我父親是研究員。
B：令尊在哪家公司服務？
A：ABC 製藥公司。
B：是什麼樣的公司呢？
A：是藥品公司。

其它參考對話詳見P146 ▶

1 請閱讀以下短文,試著回答下列問題。

私の 家族は、父、母、兄、私です。父は 45歳です。二枚目俳優です。母は 43歳です。きれいです。だから 雑誌の モデルです。兄は 16歳です。アイドル歌手です。女子中学生は 全部、兄の ファンです。父、母、兄が 美男美女です。当然、私も 美少女です。

2 挑戰時間到!讀完上文,回答下列問題,展現你的閱讀實力吧!

❶ 「私」の 父と 母の 仕事は 何ですか。

❶俳優です。

❷モデルです。

❸俳優と モデルです。

❹歌手です。

❷ この 人の 家族の 何人が 美男美女ですか。

❶一人

❷二人

❸三人

❹四人

3 翻譯大考驗!閱讀文章回答問題後,試著完成翻譯,看看你的雙語實力有多厲害!

我家有爸爸、媽媽、哥哥跟我。爸爸45歲,是位小生演員;媽媽43歲,長得很漂亮,因此擔任雜誌的模特兒;哥哥16歲,是個偶像歌手,每一個女中學生都是哥哥的歌迷。我的爸媽、哥哥都是俊男美女。當然,我也是正妹囉!

❶ 「我」爸爸、媽媽的工作是什麼?

❶ 是演員。　❷ 是模特兒。　❸ 是演員、模特兒。　❹ 是歌手。

❷ 這個人的家族有幾個人是俊男美女呢?

❶ 一個人　　❷ 兩個人　　❸ 三個人　　　　❹ 四個人

答案:❶ 3、❷ 4

單字總整理！

▶ 剛上完一課，快來進行單字總復習！

家族 ❶	● お祖父さん 祖父；外公；爺爺	● お祖母さん 祖母；外祖母；老婆婆
● お父さん 父親；令尊	● 父 家父，爸爸	● お母さん 母親；令堂
● 母 家母，媽媽	● お兄さん 哥哥	● 兄 哥哥，家兄
● お姉さん 姊姊	● 姉 姊姊，家姊	● 弟 弟弟
● 妹 妹妹	● 伯父さん／叔父さん 伯伯，叔叔，舅舅，姨丈，姑丈	● 伯母さん／叔母さん 姨媽，嬸嬸，姑媽，伯母，舅媽
家族 ❷	● 両親 父母，雙親	● 兄弟 兄弟；兄弟姊妹
● 家族 家人，家庭，親屬	● ご主人 您的先生	● 奥さん 太太，尊夫人
● 自分 自己，本人	● 一人 一人；一個人	● 二人 兩個人，兩人
● 皆さん 大家，各位	● 一緒 一同，一起	● 大勢 很多〈人〉

模擬考題

1 文字、語彙問題

もんだい1 _____の ことばは ひらがな、カタカナや かんじ
で どう かきますか。1・2・3・4から いちばん いいものを
ひとつ えらんで ください。

❶ 妹
   ❶ いもうと　　❷ いもおど　　❸ いもおと　　❹ いもふと

❷ 二人
   ❶ にじん　　❷ ににん　　❸ ふたり　　❹ ふだり

❸ いっしょに
   ❶ 一堵　　❷ 一緒　　❸ 一渚　　❹ 一諸

❹ 家族
   ❶ かぞく　　❷ かそく　　❸ かじょく　　❹ かじょぐ

もんだい2 _____の ぶんと だいたい おなじ いみの ぶん
が あります。1・2・3・4から いちばん いいものを ひとつ
えらんで ください。

❶ うちは さんにん きょうだいです。
   ❶ うちの こどもは おじ、わたしと いもうとです。
   ❷ うちの こどもは おばあさん、わたしと おねえさんです。
   ❸ うちの こどもは あに、わたしと いもうとです。
   ❹ うちの こどもは おば、わたしと おとうとです。

❷ あの ひとは わたしの おじです。
   ❶ あの ひとは ちちの おじさんです。　❷ あの ひとは ちちの おとうさんです。
   ❸ あの ひとは ちちの おじいさんです。　❹ あの ひとは ちちの おにいさんです。

❸ あの おとこの こは わたしの おとうとです。
   ❶ わたしは あの おとこの この ははです。
   ❷ わたしは あの おとこの この いもうとです。
   ❸ わたしは あの おとこの この あねです。
   ❹ わたしは あの おとこの この ちちです。

2　文法問題

> もんだい1　（　　　）に　なにを　いれますか。1・2・3・4から
> いちばん　いいものを　ひとつ　えらんで　ください。

❶ A「中山さんは（　　　）　ですか。」

　　B「20歳です。」

　　❶何　　　　　　　❷何歳　　　　　　❸どなた　　　　　❹先生

❷ A「あの　人は（　　　）　ですか。」

　　B「金さんです。」

　　❶何　　　　　　　❷わたし　　　　　❸あなた　　　　　❹だれ

❸ A「彼は　いくつ　ですか。」

　　B「（　　　）です。」

　　❶2,000円　　　　❷18歳　　　　　　❸20個　　　　　　❹3人

❹ お父さんの　会社は（　　　）ですか。

　　❶だれ　　　　　　❷どなた　　　　　❸どちら　　　　　❹どの

❺ A「それは　何の　会社ですか。」

　　B「（　　　）です。」

　　❶田中さんの　会社　❷チケット売り場　❸イタリアの　車　❹車の　会社

> もんだい2　したの　ちゅうごくごは　にほんごで　どう　いいます
> か。〈　　　〉のなかの　ことばを　□の　なかに　ただしく　ならべか
> えて　ください。
> 請依照中文的意思，把〈　　　〉內的日文重新排序，再把號碼填進方格內。

❶ 您父親幾歳？

　　〈①お　②です　③お父さん　④か　⑤は　⑥いくつ〉。

　　☐ → ☐ → ☐ → ☐ → ☐ → ☐

❷ ABC是相機公司嗎？

　　〈①会社　②です　③の　④カメラ　⑤ＡＢＣ　⑥は　⑦か〉。

　　☐ → ☐ → ☐ → ☐ → ☐ → ☐ → ☐

看圖記單字

▶ 聽聽看！再大聲唸出來！ Track 5.1

 ❶ いちえん
1円
一日圓

 ❷ ごえん
5円
五日圓

❸ じゅうえん
10円
十日圓

❹ ごじゅうえん
50円
五十日圓

❺ ひゃくえん
100円
一百日圓

 ❻ ごひゃくえん
500円
五百日圓

 ❼ せんえん
1000円
一千日圓

 ❽ にせんえん
2000円
二千日圓

 ❾ ごせんえん
5000円
五千日圓

 ❿ いちまんえん
10000円
一萬日圓

 ⓫ アメリカドル
美金

 ⓬ たいわんドル
台湾ドル
台幣

 ⓭ ユーロ
歐元

 ⓮ ウォン
韓幣

 ⓯ ルーブル
盧布（俄幣）

● 小知識　你知道人民幣的日語怎麼說嗎？答案是「人民元（じんみんげん）」。

靈活應用

假日出遊時，颯太在路邊看到一籃籃鮮紅的蘋果，散發著誘人的香氣，讓他忍不住停下腳步。然而，一個蘋果到底多少錢呢？讓我們一起看看下面的對話，然後和同伴練習吧！答案或許會讓你意外喔！

颯太：そちら①は、日本の　りんごですか。

店員：いいえ、違います。

颯太：では、どこ②の　りんごですか。

店員：アメリカのです。

颯太：いくら③ですか。

店員：200円です。3個で　500円です④。

颯太：これを　6個ください⑤。

店員：お会計は　あちらです⑥。

それは、日本の　リンゴですか。

いくらですか。

200円です。

颯太：請問那邊的是日本蘋果嗎？
店員：不，不是的。
颯太：那麼，是哪裡的蘋果呢？
店員：美國的。
颯太：多少錢？
店員：200日圓。三顆算500日圓。
颯太：這種的請給我六顆。
店員：請到那一頭結帳。

文法重點提要

❶ こちら／そちら／あちら／どちら
❷ ここ／そこ／あそこ／どこ
❸ いくら／［數字］円
❹ ［數量］で［數量］
❺ を　ください
❻ ［名詞］は［場所指示詞］です／［場所指示詞］は［名詞］です

細解說請見下頁

文法重點說明

① そちらは、日本の リンゴですか。　　　請問那邊的是日本蘋果嗎？

「こちら／そちら／あちら／どちら」這一組是方向指示代名詞，用來指示方向、位置或人。根據位置關係分為：

こちら（這邊）：靠近說話者的方向或人，可譯作「這邊」、「這位」。

そちら（那邊）：靠近聽話者的方向或人，可譯作「那邊」、「那位」。

あちら（那邊）：遠離說話者和聽話者的方向或人，可譯作「那邊」、「那位」。

どちら（哪邊）：用在不確定的方向或人，可譯作「哪邊」、「哪位」。

例 そちらは 2000円です。　　　那邊的是 2000 日圓。

例 お手洗いは あちらです。　　　洗手間在那邊。

更口語化的表達，也可以說成「こっち、そっち、あっち、どっち」，這組詞更隨意，適合非正式場合。

② では、どこの リンゴですか。　　　那麼，是哪裡的蘋果呢？

「では」是一種接續詞，用在承接前面的話題，進一步提出問題或判斷。相當於中文的「那麼」、「既然如此」。

「ここ／そこ／あそこ／どこ」這一組是場所指示代名詞，分別指示不同位置的場所：

ここ（這裡）：靠近說話者的場所。

そこ（那裡）：靠近聽話者的場所。

あそこ（那裡）：遠離說話者和聽話者的場所。

どこ（哪裡）：表示不確定的場所或疑問。

例 ここは 銀行ですか。　　　這裡是銀行嗎？

例 花子さんは どこですか。　　　花子小姐在哪裡呢？

③ いくらですか。　　　多少錢？

「いくら」（多少）用在詢問不確定的數量、程度、價格、工資、時間、距離等。特別是在購物時詢問價錢。日本貨幣「円」（日圓）。紙鈔有「一萬円、五千円、二千円、一千円」。硬幣有「一円、五円、十円、五十円、一百円、五百円」。

例 この 本は いくらですか。　　　這本書多少錢？

例 日本の カメラは いくらですか。　　　日本的照相機多少錢呢？

留學期間，盡量過著節儉的生活。所以買書有時候都是上二手書店買的。

這本書多少錢呢？就用「いくら」（多少錢）問囉！

④ 3個で 500円です。　三顆算 500 日圓。

☑ ［數量］で［數量］　［數量］共、算［數量］

上面是一個表示總數或總價的句型，用在表達若干事物的總金額。

例 それは 2つで 5万円です。　那個是兩個 5 萬日圓。

「それ」（那個）是主語，表示被描述的物品；「2つで5万」（兩個五萬日圓）是補語，說明主語的數量和價格關係；
▶「で」表示總價是基於某個數量。句型用來描述物品（那個）的數量（兩個）和對應的總價（共五萬日圓）。

例 たまごは 6個で 300円です。　雞蛋六個 300 日圓。

日本東西貴，有時候買稍微貴一點的，就好像賭命一樣。今天到超市，想買六個蛋，看看多少錢？

「で」前面是雞蛋的數量「6個」，後面是數量的總和，也就是六個總共是「300円」啦！

300円

⑤ これを 6個ください。　這種的請給我六顆。

☑ ［名詞］をください　請給我［名詞］

表示向對方提出請求，要求提供某物品。想要的數量通常放在「を」與「ください」之間

例 その ジュースを 一杯ください。　我要一杯那種果汁。

▶「そのジュース」（那杯果汁）是受詞，表示請求的物品；「を」是助詞，標示動作的對象是那杯果汁；「一杯」（一杯）
是數量詞，補充說明請求的數量；「ください」（請給我）是動詞，用於禮貌地表達請求。句型用來禮貌地索取某物（那杯果汁），並指定具體的數量（一杯）。

例 フランスの ワインを ください。　請給我法國葡萄酒。

⑥ お会計は あちらです。　請到那一頭結帳。

☑ ［名詞］は［場所指示詞］です／［場所指示詞］は［名詞］です
　［名詞］在［場所指示詞］／［場所指示詞］是［名詞］

都是表示某事物或人物的位置。

例 ここは公園です。　這裡是公園。

例 花屋はあそこです。　花店在那裡。

例 田中さんはそこです。　田中先生在那裡。

「お会計」的「お」是尊敬接頭詞，用在表示對方的禮貌。「お会計」意為「結帳」，常用在餐廳或商店等場合。

1 A 數字、價錢！聽聽看！再大聲唸出來！ `Track 5.3`

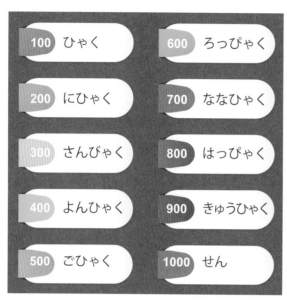
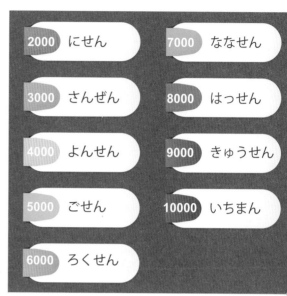

100 ひゃく	600 ろっぴゃく	2000 にせん	7000 ななせん
200 にひゃく	700 ななひゃく	3000 さんぜん	8000 はっせん
300 さんびゃく	800 はっぴゃく	4000 よんせん	9000 きゅうせん
400 よんひゃく	900 きゅうひゃく	5000 ごせん	10000 いちまん
500 ごひゃく	1000 せん	6000 ろくせん	

2 B 上面的數字後面加上「円」，就是「～日圓」囉，自己寫假名練習看看！

① 1,000 日圓 ▶

② 3,000 日圓 ▶

下面答案詳見 P146

3 聽聽音檔，下面這些東西是多少錢呢？把你聽到的打勾。 `Track 5.4`

① ピザ
　☐ 1,000 円
　☐ 2,000 円

② カメラ
　☐ 10,000 円
　☐ 20,000 円

③ げた
　☐ 2,400 円
　☐ 2,700 円

④ ビール
　☐ 330 円
　☐ 350 円

⑤ トマト
　☐ 300 円
　☐ 600 円

⑥ 携帯電話
　☐ 3,000 円
　☐ 4,000 円

⑦ コンピューター
　☐ 90,000 円
　☐ 70,000 円

⑧ すいか
　☐ 500 円
　☐ 900 円

1 以前頁下側的圖為話題，參考下面的對話，跟同伴練習。 🎵Track 5.5

> Ⓐ すみません、この　ピザは　いくらですか。
>
> Ⓑ 2,000 円です。
> に せん えん
>
> Ⓐ じゃあ、それを　ください。それから、ビールも　ください。
>
> Ⓑ はい、３５０ 円です。
> さんびゃくごじゅう えん

A：請問，這個披薩多少錢？
B：2000 日圓。
A：那麼，給我那個。然後再給我啤酒。
B：好的，350 日圓。

2 圖片填空！觀察下面的圖片，將下方提供的日文單字填入1～14的正確空格，輕鬆學習更有

ワイン	レモン	エビ	パン	フォーク
チーズ	グラス	塩（しお）	瓶（びん）	チーズ
ブドウ	まな板（いた）	ナイフ	魚（さかな）	

❶　　❷　　❸　　❹　　❺　　❻　　❼　　❽　　❾　　❿　　⓫　　⓬　　⓭　　⓮

● 單字補給站

ピザ／披薩	ビール／啤酒	コンピューター／電腦
カメラ／照相機	トマト／蕃茄	すいか／西瓜
げた／木屐	携帯電話（けいたいでんわ）／手機	

1 聽力練習！這些產品是哪個地方的呢？請聽音檔，把正確的國家填上去。 Track 5.6

① ＿＿＿の車

② ＿＿＿のリンゴ

③ ＿＿＿の牛肉

④ ＿＿＿のワイン

⑤ ＿＿＿のピザ

⑥ ＿＿＿のパン

⑦ ＿＿＿のノートパソコン

⑧ ＿＿＿の米

● 看上面的圖，參考下面的對話，跟同伴練習。

それは、アメリカの車ですか。

A それは、アメリカの　車ですか。
B いいえ、違います。
A じゃ、どこの　車ですか。
B ドイツのです。

A：那是美國的車嗎？
B：不，不是的。
A：那麼，是哪裡的車子呢？
B：德國的。

上下答案及翻譯詳見P147

2 歡迎來到「服飾篇」！學習日常服飾名稱的日文表達，並填寫在右側空格中，輕鬆掌握穿搭單字！

① ＿＿＿＿＿＿　⑥ ＿＿＿＿＿＿

② ＿＿＿＿＿＿　⑦ ＿＿＿＿＿＿

③ ＿＿＿＿＿＿　⑧ ＿＿＿＿＿＿

④ ＿＿＿＿＿＿　⑨ ＿＿＿＿＿＿

⑤ ＿＿＿＿＿＿　⑩ ＿＿＿＿＿＿

▶ 對話練習！這裡是哪裡呢？請參考圖1的對話，以圖2到4為話題完成對話。並聽聽音檔，看看自己是否答對了呢？ Track 5.6

A：ここは　どこですか。
B：ここは　公園(こうえん)です。
A：犬(いぬ)は　どこですか。
B：あちらです。

A：這裡是哪裡呢？
B：這裡是公園。
A：狗在哪裡呢？
B：在那裡。

1 公園(こうえん)／公園
2 犬(いぬ)／狗
3 あちら／那裡

1 駅(えき)／車站
2 入(い)り口(ぐち)／入口
3 そちら／那裡

1 デパート／百貨公司
2 トイレ／廁所
3 こちら／這裡

1 教室(きょうしつ)／教室
2 田中(たなか)さん／田中同學
3 あちら／那裡

答案及翻譯詳見P147

打開日語之門

▶ 造句練習！請將藍色框裡的日文重組成完整的句子。

● 1. 這是哪裡的苦瓜呢？

A：これは _____

_____。

> か 九州（きゅうしゅう） です ニガウリ の

B：いいえ、_____。

> の です 沖縄（おきなわ）

A：_____。

> か いくら です

B：_____ です。

> 円（えん） 100（ひゃく）

● 2. 這些花要多少錢呢？

A：すみません、_____

_____ ですか。

> 花（はな） は いくら この

B：２５０ 円（にひゃくごじゅう えん）です。

A：_____

_____ ですか。

> の どこ 花（はな） は これ

B：_____。

> です オランダ の

A：_____。

> を これ ください

答案及翻譯詳見P147

1 請閱讀以下短文，試著回答下列問題。

　この 豆腐は 1丁 100円です。あちらの スーパーは、1丁 80円でした。こちらは 20円高いです。でも、ここは 豆腐専門店です。おいしいです。今日の 晩ご飯は これです。明日は スーパーの 特売の 日です。だから 明日の 晩ご飯は スーパーの 豆腐です。

2 挑戰時間到！讀完上文，回答下列問題，展現你的閱讀實力吧！

❶ この 豆腐は いくらですか。

　❶100円です。

　❷80円です。

　❸20円です。

　❹120円です。

❷ この 豆腐は （　）です。

　❶スーパーの

　❷専門店の

　❸特売

　❹明日の 晩ご飯

3 翻譯大考驗！閱讀文章回答問題後，試著完成翻譯，看看你的雙語實力有多厲害！

　這款豆腐一塊100日圓，而那家超市的豆腐一塊只要80日圓，這裡貴了20日圓。不過，這裡是豆腐專賣店，味道更勝一籌，所以今天的晚餐就選它了。明天剛好是超市的特賣日，明晚的豆腐就換超市的來嘗嘗吧！

❶ 這種豆腐要多少錢呢？

　❶ 要100日圓。　❷ 要80日圓。　❸ 要20日圓。　❹ 要120日圓。

❷ 這塊豆腐是 （　）。

　❶ 超市的　　❷ 專賣店的　　❸ 特賣　　❹ 明天的晚餐

答案：❶ 1 ❷ 2

單字總整理！

▶ 剛上完一課，快來進行單字總復習！

量詞

● ～回
<ruby>回<rt>かい</rt></ruby>
～回，次數

● ～歳
<ruby>歳<rt>さい</rt></ruby>
～歲

● ～冊
<ruby>冊<rt>さつ</rt></ruby>
～本，～冊

● ～人
<ruby>人<rt>にん</rt></ruby>
～人

● ～匹
<ruby>匹<rt>ひき</rt></ruby>
〈鳥，蟲，魚，獸〉～匹，～頭，～條，～隻

● ～本
<ruby>本<rt>ほん</rt></ruby>
〈計算細長的物品〉～支，～棵，～瓶，～條

● ～階
<ruby>階<rt>かい</rt></ruby>
〈樓房的〉～樓，層

● ～個
<ruby>個<rt>こ</rt></ruby>
～個

● ～杯
<ruby>杯<rt>はい</rt></ruby>
～杯

● ～台
<ruby>台<rt>だい</rt></ruby>
～台，～輛，～架

● ～番
<ruby>番<rt>ばん</rt></ruby>
〈表示順序〉第～，～號

● ページ【page】
～頁

● ～枚
<ruby>枚<rt>まい</rt></ruby>
〈計算平薄的東西〉～張，～片，～幅，～扇

接頭、接尾詞及其他

● ～時
<ruby>時<rt>じ</rt></ruby>
～點，～時

● ～分
<ruby>分<rt>ふん</rt></ruby>
〈時間〉～分；〈角度〉分

● ～中
<ruby>中<rt>じゅう</rt></ruby>
整個，全

● <ruby>御<rt>お</rt></ruby>～／<ruby>御<rt>おん</rt></ruby>～
放在字首，表示尊敬語及美化語

● ～半
<ruby>半<rt>はん</rt></ruby>
～半，一半

● ～日
<ruby>日<rt>にち</rt></ruby>
號，日，天〈計算日數〉

● ～中
<ruby>中<rt>ちゅう</rt></ruby>
～期間，正在～當

單字總整理！

● ～月（がつ）
～月

● ～ヶ月（かげつ）
～個月

● ～年（ねん）
年〈也用於計算年數〉

● ～頃（ころ）／～頃（ごろ）
〈表示時間〉左右，時候，時期；正好的時候

● ～過ぎ（すぎ）
超過～，過了～，過渡

● ～側（がわ）
～邊，～側；～方面，立場；周圍，旁邊

1 文字、語彙問題

> もんだい1 ＿＿＿の ことばは ひらがな、カタカナや かんじで どう かきますか。1・2・3・4から いちばん いいものを ひとつ えらんで ください。

① あねは 二十歳です。
　❶ はちた　　　　❷ はつか　　　　❸ はたち　　　　❹ はつさい

② ネクタイは 三本です。
　❶ さんぼん　　　❷ ざんぽん　　　❸ さっぽん　　　❹ さんぽん

③ やすみは 三回です。
　❶ さんじかん　　❷ さんばん　　　❸ さんかい　　　❹ さんさつ

④ いぬは 4匹です。
　❶ よんまい　　　❷ よんほん　　　❸ よんひき　　　❹ よんだい

⑤ ほんは 5冊です。
　❶ ごひき　　　　❷ ごまい　　　　❸ ごほん　　　　❹ ごさつ

⑥ 6ぺいじからです。
　❶ ろくペーヅ　　❷ ろくペーツ　　❸ ろくページ　　❹ ろくペーミ

> もんだい2 ＿＿＿の ぶんと だいたい おなじ いみの ぶんが あります。1・2・3・4から いちばん いいものを ひとつ えらんで ください。

① りんご ふたつと みかん みっつです。
　❶ くだものが ぜんぶで よっつです。　　❷ くだものが ぜんぶで いつつです。
　❸ くだものが ぜんぶで むっつです。　　❹ くだものが ぜんぶで ななつです。

② ここは やさいの みせです。
　❶ ここは きっさてんです。　　　　　　❷ ここは ぎんこうです。
　❸ ここは やおやです。　　　　　　　　❹ ここは ゆうびんきょくです。

2　文法問題

> **もんだい1　（　　　）に　なにを　いれますか。1・2・3・4から　いちばん　いいものを　ひとつ　えらんで　ください。**

❶ りんごは　いつつ（　　　）　300円です。

　❶と　　　　　　　❷の　　　　　　　❸か　　　　　　　❹で

❷ これは　台湾（　　）　バナナですか。

　❶と　　　　　　　❷の　　　　　　　❸か　　　　　　　❹も

❸ A「それは　（　　　）　の　紅茶ですか。」
　 B「イギリスの　紅茶です。」

　❶どこ　　　　　　❷何　　　　　　　❸どれ　　　　　　❹どなた

❹ コーヒーを　1（　　　）　ください。

　❶はい　　　　　　❷ばい　　　　　　❸ぱい　　　　　　❹ぼい

❺ A「その　かばんは（　　　）　ですか。」
　 B「5,500円です。」

　❶どちら　　　　　❷何　　　　　　　❸いくら　　　　　❹どこ

❻ 受付は　（　　　）ですか。

　❶どの　　　　　　❷どちら　　　　　❸いくつ　　　　　❹何

> **もんだい2　したの　ちゅうごくごは　にほんごで　どう　いいますか。〈　　〉のなかの　ことばを　□の　なかに　ただしく　ならべかえて　ください。**
> 請依照中文的意思，把〈　　〉內的日文重新排序，再把號碼填進方格內。

❶ 這是哪國產的照相機呢？

　〈①どこ　②これ　③です　④の　⑤か　⑥は　⑦カメラ〉。

　□ → □ → □ → □ → □ → □ → □

❷ 雑誌三本1,500元。

　〈①冊　②3　③で　④です　⑤1,500円　⑥は　⑦雑誌〉。

　□ → □ → □ → □ → □ → □ → □

度過 七彩繽紛的一天

すみませんが、そちらは何時から何時までですか。

看圖記單字

1 聽聽看！再大聲唸出來！ Track 6.1

❶ いちじ 1時／一點
❷ にじ 2時／兩點
❸ さんじ 3時／三點
❹ よじ 4時／四點
❺ ごじ 5時／五點
❻ ろくじ 6時／六點
❼ しちじ 7時／七點
❽ はちじ 8時／八點
❾ くじ 9時／九點
❿ じゅうじ 10時／十點
⓫ じゅういちじ 11時／十一點
⓬ じゅうにじ 12時／十二點
⓭ なんじ 何時／幾點

⓮ いっぷん 1分／一分
⓯ にふん 2分／兩分
⓰ さんぷん 3分／三分
⓱ よんぷん 4分／四分
⓲ ごふん 5分／五分
⓳ ろっぷん 6分／六分
⓴ ななふん・しちふん 7分・7分／七分
㉑ はっぷん 8分／八分
㉒ きゅうふん 9分／九分
㉓ じゅっぷん・じっぷん 10分・10分／十分
㉔ なんぷん 何分／幾分

㉕ にちようび 日曜日／星期日
㉖ げつようび 月曜日／星期一
㉗ かようび 火曜日／星期二
㉘ すいようび 水曜日／星期三
㉙ もくようび 木曜日／星期四
㉚ きんようび 金曜日／星期五
㉛ どようび 土曜日／星期六
㉜ なんようび 何曜日／星期幾

2 聽力練習！來熟悉一星期的日語說法吧！聽音檔，把這些單字依序填到下的方格中。

もくようび 木曜日	すいようび 水曜日	げつようび 月曜日	かようび 火曜日	きんようび 金曜日

Track 6.2

日	一	二	三	四	五	六
にちようび 日曜日						どようび 土曜日

答案詳見 P148

▶ 想去圖書館，卻不知道開放時間，該怎麼辦呢？別擔心！快來聽聽高橋先生
是如何向館員詢問的吧。也許他的對話會給你靈感！接下來，試著和同伴一
起舉一反三，練習用日語說出自己的疑問吧！或許，你的表現會比想像中更
好哦！

Track 6.3

（館員）はい、上野図書館です。

（高橋）もしもし、すみませんが❶、そちらは 何時から 何時までですか。

（館員）9時から 7時まで❷です。本の 貸し出しは 7時 10分前までです❸。

（高橋）昨日 そちらに 行きました❹。家を 6時過ぎに 出ました❺。6時半
ごろ❻ 着きました。でも……

（館員）ああ、月曜日は 休みです。

（高橋）そうでしたか。今、5時 45分ですね。では、今から また 行きます。
本を 借ります❼。

館員：上野圖書館，您好。

高橋：喂？不好意思，請問貴館從幾點開到幾點？

館員：9點開館到7點閉館。圖書借閱於閉館前
　　　10分鐘停止受理。

高橋：我昨天去了貴館。我是6點多出發的，大
　　　約6點半左右抵達，可是……

館員：喔，星期一休館不開放。

高橋：原來如此。現在是5點45分吧？那麼，我
　　　現在再去一趟，我要借書。

文法重點提要

❶ [文章]が、[文章]（前置詞）

❷ [時間]から[時間]まで

❸ [數字]時[數字]分です；
　 [數字]すぎ／まえ

❹ [動詞]ます／ません／まし
　 た／ませんでした

❺ [離開點]を；
　 [時間]に[動詞]／[星期幾]
　 （に）[動詞]／
　 [昨日…][動詞]

❻ [數字]ごろ

❼ [目的語]を

細解說請見下頁 ➜

文法重點說明

① もしもし、すみませんが…　　喂？不好意思…

☑ ［句子］が、［句子］　　［句子］請問、［句子］

「が」在這裡用在開場白前置詞，是詢問、請求或提出要求的常用表達方式，通常帶有禮貌的語氣。

例 失礼ですが、鈴木さんでしょうか。　　不好意思，請問是鈴木先生嗎？

▶「失礼」（失禮）是前半句，表達禮貌和客氣；「が」是前置詞，連接前後句；「鈴木さんでしょうか」（是鈴木先生嗎）是後半句，用於詢問對方的身份，帶有推測和確認語氣。句型用來委婉和得體提問或確認某人的身份（是否是鈴木先生）。

例 すみませんが、少し　静かに　して　ください。　　不好意思，請稍微安靜一點。

② 9時から　7時までです。　　從9點開館到7點閉館。

☑ ［時間］から［時間］まで　　從［時間］到［時間］

表示時間的起點和終點，強調一段時間範圍。「から」前面是開始的時間，「まで」前面是結束的時間。

例 父は　9時から　6時まで　働きます。　　父親從9點工作到6點。

▶「父」（父親）是主語，表示執行動作的人；「9時から6時まで」（從9點到6點）是副詞性表現，表示動作的起始和結束時間；「働きます」（工作）是動詞，說明主語的行為。句型用來描述某人（父親）的活動時間範圍（從9點工作到6點）。

例 夏休みは　7月から　9月までです。　　暑假是從7月開始到9月為止。

③ 本の　貸し出しは　7時　10分　前までです。　　圖書借閱於閉館前10分鐘停止受理。

☑ ［數字］時［數字］分　　［數字］點［數字］分

表示具體的時間點是幾點幾分。

例 午前の　10時です。　　上午10點。

例 日曜日の　3時15分です。　　星期日的3點15分。

☑ ［數字］すぎ／まえ　　［數字］過／［數字］前

接尾詞「すぎ」接在時間後，表示比該時間稍晚。接尾詞「まえ」接在時間後，表示比該時間稍早。

例 今　9時　5分過ぎです。　　現在是9點過5分。

▶「今」（現在）是主語，表示時間的參照點；「9時5分過ぎ」（9點過5分）是補語，表示具體時間點。句型用於描述時間剛過某個整點（現在是9點過5分）。

例 今　8時　2分前です。　　現在還有2分鐘就8點了。

④ 昨日　そちらに　行きました。　　我昨天去了貴館。

動詞是表示人或事物的動作、行為或存在的詞彙。日語的動詞分為三大類：

分類		ます形	辞書形	中文
一段動詞	上一段動詞	おきます すぎます おちます います	おきる すぎる おちる いる	起來 超過 掉下 在
	下一段動詞	たべます うけます おしえます ねます	たべる うける おしえる ねる	吃 受到 教授 睡覺
五段動詞		かいます かきます はなします およぎます よみます あそびます まちます	かう かく はなす およぐ よむ あそぶ まつ	購買 書寫 說 游泳 閱讀 玩耍 等待
不規則動詞	サ變動詞	します	する	做
	カ變動詞	きます	くる	來

動詞「基本形／否定形／過去形／過去否定形」的活用如下：

	基本形	否定形
現在／未來	ます	ません
過去	ました	ませんでした

例 学生は 机を 並べます。　　學生排桌子。

例 今日は お風呂に 入りません。　　今天不洗澡。

例 昨日 図書館へ 行きました。　　昨天去了圖書館。

例 昨日、働きませんでした。　　昨天沒去工作。

⑤ 家を 6時過ぎに 出ました。　　我是6點多出發的。

☑ ［離開點］を　　從［離開點］

上面的助詞「を」用在表示離開的場所，例如從家裡出來或從交通工具上下來。

例 7時に 家を 出ます。　　7點出門。

例 バスを 降ります。　　下公車。

「［時間］に［動詞］」中的「に」用在標示具體時間點，表示在某時候執行某個動作，相當於中文的「在…」。
動詞「出ました」是「出ます」（出來）的過去式，表示動作已經完成。

文法重點說明

例 私は 毎晩 12時に 寝ます。　　我每天都在12點睡覺。

例 母は 日曜日（に） 掃除しました。　　媽媽在星期日打掃了。

⑥ 6時半ごろ 着きました。　　大約6點半左右抵達。

☑ ［數字］ ごろ　　大約［數字］

上面的接尾詞「ごろ」用在表示大概的時間點，接在年月日或鐘點詞後面。

例 8時ごろ 出ます。　　8點左右出去。

例 私は 10月ごろ 帰ります。　　大約10月左右回去。

＊當表示時間的量（如幾小時）時，不能用「ごろ」，需改用「ぐらい／くらい」。例如：

例 今日 8時間ごろ 働きました。→X　　今天大約工作了8小時。

例 今日 8時間ごろ 働きました。→○　　今天大約工作了8小時。

⑦ 本を 借ります。　　我要借書。

☑ ［目的語］ を　　把［目的語］

上面的助詞「を」表示動作涉及的對象或目的，通常用在他動詞之前，說明動作的目標。

例 私は 顔を 洗いません。　　我沒洗臉。

例 今朝は パンを 食べませんでした。　　今天早上沒有吃麵包。

入門全收錄

1 **B** 考下面的對話，跟同伴做練習。 🎧 Track 6.4

> Ⓐ 今日は 何曜日ですか。
> Ⓑ 木曜日です。
> Ⓐ では、あしたは 金曜日ですね。
> Ⓑ はい、そうです。

> A：今天是星期幾？
> B：星期四。
> A：那麼，明天是星期五囉！
> B：是的。

2 **C** 聽聽音檔，把聽到的時間寫在空格上。 🎧 Track 6.5

① 今は 2時です。

② 今は 2時30分です。

③ 今は 2時45分です。

④ 今は 3時15分です。

⑤ 今は _____ です。

⑥ 今は _____ です。

⑦ 今は _____ です。

⑧ 今は _____ です。

答案及翻譯詳見P148

3 **D** 以「時間」為話題，參考下面的對話，跟同伴一起練習。 🎧 Track 6.6

> Ⓐ すみません。今 何時ですか。
> Ⓑ 2時です。
> Ⓐ ありがとう ございます。

> A：請問，現在幾點？
> B：2點。
> A：謝謝您。

1 充實的一天！中山小姐一天的生活可是充實又忙碌的，請聽音檔，完成下面的空格。

❶ 中山さんは 毎朝＿＿＿に 起きます。

❷ ＿＿＿＿＿に 朝ご飯を 食べます。

❸ ＿＿＿＿＿に 家を 出ます。

❹ 会社は ＿＿＿から ＿＿＿までです。

❺ ＿＿＿＿過ぎに 昼ご飯を 食べます。

❻ ＿＿＿＿＿から 運動します。

❼ お風呂は ＿＿＿＿＿頃に 入ります。

❽ ＿＿＿から ＿＿＿まで テレビを 見ます。

❾ 夜、＿＿＿＿＿頃に 寝ます。

❿ おとといは、＿＿＿＿＿に 寝ました。

⓫ ゆうべは＿＿＿＿＿＿＿＿＿＿。

● 試著跟同伴說自己一天的生活，然後換對方說。

＿＿＿に 朝ご飯を 食べます。

お風呂は＿＿＿頃に 入ります。

＿＿＿に 家を 出ます。

答案及翻譯詳見P148

とき かね
時は金なり。

時間就是金錢。

時間是生活中很重要的一部份喔！掌握好時間，無論是對今日行程，或是未來人生計劃，都很有幫助呢！現在，就讓我們來看看，如何將日語中「時間」相關的説法運用在生活中吧！

1　對話練習！渡邊先生凡事講求事前的準備，去哪裡總是要先打個電話確認。 Track 6.8
先看一下關鍵字，再仔細聽聽對話應用。

（館員）はい、上野図書館です。

（渡邊）すみませんが、そちらは 何時から 何時までですか。

（館員）9時から 4時までです。

（渡邊）日曜日は 何時までですか。

（館員）5時です。

（渡邊）休みは 何曜日ですか。

（館員）月曜日です。

（渡邊）どうも。

館員：您好，這裡是上野圖書館。

渡邊：請問，你們是幾點開到幾點？

館員：9點到4點。

渡邊：星期日到幾點？

館員：5點。

渡邊：星期幾休息？

館員：星期一。

渡邊：謝謝！

對話 Keyword

うえ の と しょかん
上野図書館
く じ　 よ じ
9時から4時まで
にちよう び
日曜日
ご じ
5時
げつよう び
月曜日

そちらは 何時から 何時までですか。

打開日語之門

換您打電話詢問任何想去的地方！請參考對話關鍵字，跟朋友完成對話，並把對話也記錄在下方的筆記欄吧！

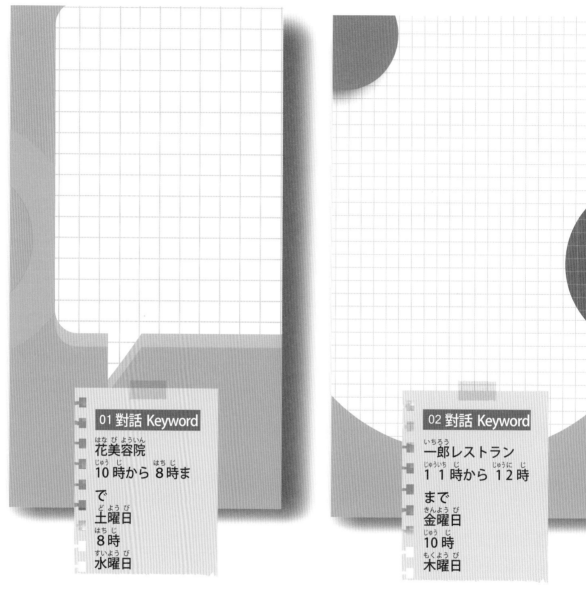

01 對話 Keyword

花美容院
10時から 8時まで
土曜日
8時
水曜日

02 對話 Keyword

一郎レストラン
11時から 12時まで
金曜日
10時
木曜日

參考答案及翻譯詳見P148

讀解練習

1 請閱讀以下短文，試著回答下列問題。

今日は　土曜日です。だから、お昼過ぎまで　寝ました。午後　1時に　朝ごはんを食べました。夜は　デートです。今から　5時まで　準備します。6時前に　家を出ます。待ち合わせは　7時です。明日は　日曜日です。だから、今夜は　帰りません。

2 挑戰時間到！讀完上文，回答下列問題，展現你的閱讀實力吧！

❶ 今日は　どの　ご飯を　食べましたか。

　　❶ 朝ご飯

　　❷ 昼ご飯

　　❸ 朝ご飯と　昼ご飯

　　❹ 朝ご飯と　昼ご飯と　夕ご飯

❶ デートは　何時からですか。

　　❶ 今から

　　❷ 5時から

　　❸ 6時から

　　❹ 7時から

3 翻譯大考驗！閱讀文章回答問題後，試著完成翻譯，看看你的雙語實力有多厲害！

今天是星期六，我一覺睡到日上三竿，下午1點才悠哉地吃了早飯。晚上有約會，現在開始打扮到5點，6點前出發，7點準時與對方碰面。明天是星期天，所以今晚打算不回家。

❶ 今天吃了哪幾餐呢？

　❶ 早餐　　　❷ 中餐　　　❸ 早餐跟中餐　　❹ 早餐跟中餐跟晚餐

❷ 幾點開始約會呢？

　❶ 現在開始　❷ 5點開始　❸ 6點開始　　❹ 7點開始

答案：❶ 1 ❷ 4

單字總整理！

▶ 剛上完一課，快來進行單字總復習！

星期	● 日曜日（にちようび） 星期日	● 月曜日（げつようび） 星期一	● 火曜日（かようび） 星期二
● 水曜日（すいようび） 星期三	● 木曜日（もくようび） 星期四	● 金曜日（きんようび） 星期五	● 土曜日（どようび） 星期六
● 先週（せんしゅう） 上個星期，上週	● 今週（こんしゅう） 本週	● 来週（らいしゅう） 下星期	● 毎週（まいしゅう） 每個星期
● ～週間（しゅうかん） ～週，～星期	● 誕生日（たんじょうび） 生日	歲數	● 1つ（ひと） 〈數〉一；一個；一歲
● 2つ（ふた） 〈數〉二；兩個；兩歲	● 3つ（みっ） 〈數〉三；三個；三歲	● 4つ（よっ） 〈數〉四個；四歲	● 5つ（いつ） 〈數〉五個；五歲
● 6つ（むっ） 〈數〉六；六個；六歲	● 7つ（なな） 〈數〉七個；七歲	● 8つ（やっ） 〈數〉八；八個；八歲	● 9つ（ここの） 〈數〉九個；九歲
● 10（とお） 〈數〉十；十個；十歲	● 幾つ（いく） 〈不確定的個數·年齡〉 幾個，多少；幾歲	● 20歲（はたち） 二十歲	生活
● 飛ぶ（と） 飛行，飛翔	● 歩く（ある） 走路，步行	● 入れる（い） 放入，裝進	● 出す（だ） 拿出；寄
● 行く／行く（い／ゆ） 去；走	● 来る（く） 來，到來	● 売る（う） 賣，販賣；出賣	● 買う（か） 購買
● 押す（お） 推；按	● 引く（ひ） 拉；翻查	● 降りる（お） 下來，降落	● 乗る（の） 騎乘，坐
● 貸す（か） 借出，借給；出租； 提供〈智慧與力量〉	● 借りる（か） 借〈進來〉；借	● 座る（すわ） 坐，跪坐	● 立つ（た） 站立；冒，升
● 食べる（た） 吃，喝	● 飲む（の） 喝，吞，吃〈藥〉	● 出掛ける（で か） 出去，出門	● 帰る（かえ） 回來，回去

單字總整理！

● 出る 出來，出去	● 入る 進入，裝入	● 起きる 起來，立起來；起床	● 寝る 睡覺，就寢
● 脱ぐ 脫去，脫掉	● 着る 穿〈衣服〉	● 休む 休息，歇息	● 働く 工作，勞動
● 生まれる 出生；出現	● 死ぬ 死亡	● 覚える 記住，記得	● 忘れる 忘記，忘掉
● 教える 指導，教導	● 習う 學習，練習	● 読む 閱讀，看	● 書く 寫，書寫
● 分かる 知道，明白	● 困る 感到傷腦筋，困擾	● 聞く 聽；聽說	● 話す 說，講
時間	● 一昨日 前天	● 昨日 昨天；近來	● 今日 今天
● 今 現在，此刻	● 明日 明天	● 明後日 後天	● 毎日 每天
● 朝 早上，早晨	● 今朝 今天早上	● 毎朝 每天早上	● 昼 中午；白天
● 午前 上午，午前	● 午後 下午，午後	● 夕方 傍晚	● 晩 晚，晚上
● 夜 晚上，夜裡	● ゆうべ 昨天晚上	● 今晩 今天晚上	● 毎晩 每天晚上
● 後 〈時間〉以後；〈地點〉後面	● 初め（に） 開始，起頭	● 時間 時間；鐘點	● 何時 什麼時候

模擬考題

1　文字、語彙問題

> もんだい1　＿＿＿の　ことばは　ひらがな、カタカナや　かんじで
> どう　かきますか。1・2・3・4から　いちばん　いいものを　ひ
> とつ　えらんで　ください。

❶ この　しごとは、木曜日の　あさまで　ですよ。
　　❶ かようび　　　　❷ すいようび　　　❸ もくようび　　　❹ きんようび

❷ 今週の　にちようびに　かえります。
　　❶ こんじゅう　　　❷ こんしゅう　　　❸ こんしゅ　　　　❹ こんしゆう

❸ 言葉を　おぼえます。
　　❶ ことば　　　　　❷ ごとぱ　　　　　❸ こどは　　　　　❹ ことは

❹ けさ、一時間　はしりました。
　　❶ しけん　　　　　❷ しげん　　　　　❸ じかん　　　　　❹ じっかん

❺ にちようびは　あさから　夕方まで　はたらきました。
　　❶ ゆうかた　　　　❷ ゆがた　　　　　❸ ゆうがた　　　　❹ ゆっかだ

> もんだい2　＿＿＿の　ぶんと　だいたい　おなじ　いみの　ぶん
> が　あります。1・2・3・4から　いちばん　いいものを　ひとつ
> えらんで　ください。

❶ おととい　ともだちの　いえに　いきました。
　　❶ ふつかまえに　ともだちの　いえに　いきました。
　　❷ みっかまえに　ともだちの　いえに　いきました。
　　❸ いっかげつまえに　ともだちの　いえに　いきました。
　　❹ にねんまえに　ともだちの　いえに　いきました。

❷ ゆうべ　えいがを　みました。
　　❶ きのうの　あさ　えいがを　みました。
　　❷ おとといの　ばん　えいがを　みました。
　　❸ きょうの　ゆうがた　えいがを　みました。
　　❹ きのうの　ばん　えいがを　みました。

2 文法問題

> **もんだい1** （　　　　）に　なにを　いれますか。1・2・3・4から
> いちばん　いいものを　ひとつ　えらんで　ください。

❶ でんしゃ（　　　）　おります。

  ❶を   ❷が   ❸の   ❹は

❷ あした　10じ（　　　）　会いましょう。

  ❶へ   ❷を   ❸に   ❹ふん

❸ わたしは　まいあさ　コーヒー（　　　）　のみます。

  ❶に   ❷へ   ❸と   ❹を

❹ ぎんこうは　9じから　3じ（　　　）です。

  ❶に   ❷まで   ❸で   ❹が

❺ わたしは　2じかん（　　　）　ぎんこうを　でました。

  ❶まえ   ❷あと   ❸で   ❹を

❻ あのう、すみません（　　　）、　洋服売り場は　何階ですか。

  ❶は   ❷で   ❸が   ❹を

> **もんだい2**　　したの　ちゅうごくごは　にほんごで　どう　いいます
> か。〈　　　〉のなかの　ことばを　□の　なかに　ただしく　ならべか
> えて　ください。
> 請依照中文的意思，把〈　〉內的日文重新排序，再把號碼填進方格內。

❶ 上班從9點到5點。

　　〈① から　② 5時　③ 9時　④ まで　⑤ 会社　⑥ は　⑦ です〉。

　　□ → □ → □ → □ → □ → □ → □

❷ 今天早上6點左右起床。

　　〈① 6時　② ごろ　③ 起きました　④ は　⑤ 今朝　⑥ に〉。

　　□ → □ → □ → □ → □ → □

又到了一年中最喜歡的季節了！

節分はいつですか。

看圖記單字

▶ 聽聽看！再大聲唸出來！ Track 7.1

❶ 晴れ（は）
晴天

❻ 虹（にじ）
彩虹

⓫ 太陽（たいよう）
太陽

❷ 曇り（くも）
陰天

❼ 暑い（あつ）
炎熱

⓬ 月（つき）
月亮

❸ 雨（あめ）
雨

❽ 暖かい（あたた）
暖和

⓭ 星（ほし）
星星

❹ 風（かぜ）
風

❾ 涼しい（すず）
涼快

❺ 雪（ゆき）
雪

❿ 寒い（さむ）
寒冷

💬 **小專欄　用情境記憶法，輕鬆記住天氣單字！**

學習日語單字時，將單字和生活中的情境結合，能幫助您記得更牢！

試著想像一天的變化：「早晨是晴れ（晴天），太陽太陽高掛；午後突然變曇り（多雲），接著下起了雨（雨）；傍晚，風風漸起，雨後的天空出現了虹（彩虹）。」這樣的連貫故事，會讓單字更生動！

季節也是記憶的好幫手！雪（雪）屬於冬天，與寒い（寒冷）搭配；春天是暖かい（溫暖）；夏天則是暑い（炎熱），有涼風時就用涼しい（涼爽）。最後，抬頭看夜空，記住月（月亮）、星（星星），不僅浪漫，還能加深印象！

▶ 日本四季分明，每個季節都有許多獨特的節日和祭典。你聽說過「節分」嗎？它原本是指每個季節開始的前一天，如今特別指立春的前一日。在日本民間傳統中，換季被認為會帶來邪氣，因此「節分」這天，日本各地都會舉行撒豆驅邪的活動，祈求遠離疾病和災害。這樣的傳統是不是讓人覺得既新奇又有趣呢？現在，就讓我們用日語一起聊聊日本的節日，感受這些文化背後的魅力吧！

Track 7.2

● 天氣漸漸轉涼，節分的腳步也越來越近了。來自台灣的小津正在和後藤老師聊著天氣和節慶的話題。你是否也好奇，該如何用日語自然而流暢地聊這些日常話題呢？快來參考下方的對話，和同伴一起練習吧！

後藤 もうすぐ　節分（せつぶん）ですね。

小津 節分（せつぶん）は　いつ①ですか。

後藤 ２月３日（にがつみっか）です。

小津 後藤先生（ごとうせんせい）の　家（いえ）では②　豆（まめ）まきを　しますか。

後藤 家（いえ）では　しません。でも、子供（こども）は　幼稚園（ようちえん）で　するでしょう③。

小津 幼稚園（ようちえん）は　どこも④　豆（まめ）まきを　しますか。

後藤 だいたい　します。

小津 今日（きょう）は　寒（さむ）いです⑤ね。２月中（にがつじゅう）⑥　ずっと　寒（さむ）いですか。

後藤 はい。雪（ゆき）も　山（やま）の　上（うえ）から　町（まち）の　中（なか）まで⑦　よく　降（ふ）ります。

小津 ３月（さんがつ）は　どうですか⑧。３月（さんがつ）でも　雪（ゆき）が⑨　降（ふ）りますか。

後藤 前半（ぜんはん）は　降（ふ）りますが、後半（こうはん）は　降（ふ）りません⑩。

後藤：再過不久就是「節分」（立春的前一天）囉。

小津：「節分」是什麼時候呢？

後藤：２月３日。

小津：後藤老師家會撒豆子嗎？

後藤：家裡不會。不過，幼稚園會安排小孩子撒吧。

小津：每一家幼稚園都會撒豆子嗎？

後藤：多數都會。

小津：今天真冷呀。２月份都會這麼冷嗎？

後藤：對。而且從山上到整個城鎮，甚至會經常下雪。

小津：３月份如何呢？３月同樣會下雪嗎？

後藤：中旬之前會下，中旬以後不會下。

文法重點提要

① いつ
② では／からも／でも（にも）
③ ［普通形］でしょう
④ どこも
⑤ ［形容詞］です
⑥ 中（じゅう）／（ちゅう）
⑦ ［場所］から［場所］まで
⑧ ［名詞］はどうですか
⑨ ［名詞］が（主語）
⑩ ［名詞］は［動詞］が、［名詞］は［動詞］

細解說請見下頁

文法重點說明

解剖對話的秘密← 細細解析文法重點，讓你學得紮實！

① 節分は　いつですか。　　「節分」是什麼時候呢？

「いつ」是用來詢問不確定的時間的疑問詞，可譯為「何時」、「幾時」。適用在各種詢問時間的場合。

例 誕生日は　いつですか。　　生日是什麼時候呢？

例 いつ　ご飯を　食べましたか。　　什麼時候吃過飯呢？

② 後藤先生の　家では　豆まきを　しますか。　　後藤老師家會撒豆子嗎？

☑ では／からも／でも（にも）　　在…／從…也／即使…（在…也）

格助詞「で、に、から…」後接「は」或「も」變成「では／からも／でも（にも）」，這種結構用在強調格助詞前的名詞。這種搭配可以表達特定對象或範圍的突出性。「先生」是用來尊稱老師、醫生、藝術家、律師等專業人士的詞，不能用來稱呼自己。

例 私からも　話します。　　我也會去說的。

例 10時には　行きます。　　會在十點去的。

③ 子供は　幼稚園で　するでしょう。　　幼稚園會安排小孩子撒吧。

☑ ［普通形］でしょう　　大概［普通形］吧

「でしょう」用降調表達推測，語氣比「です」更不確定，常搭配「たぶん」（大概、可能）。形容詞普通形請參考第10章。

例 明日は　忙しいでしょう。　　明天很忙吧！

▶「明日」（明天）是主題，表示被預測的時間；「忙しい」（忙碌）是補語，說明主題的狀態；「でしょう」是助動詞，用於表達推測或確認語氣。句型用來預測某事物（明天）可能的情況或狀態（忙碌）。

例 彼は　たぶん　来るでしょう。　　他應該會來吧。

④ 幼稚園は　どこも　豆まきを　しますか。　　每一家幼稚園都會撒豆子嗎？

☑ どこも　　哪裡都

「も」上接疑問詞「どこ」表示任何地方都進行某動作、都有某種狀態的意思。

例 お正月は　どこも　にぎやかです。　　過年到處都很熱鬧。

另外，「も」上接疑問詞，下接否定語，表示全面的否定。可譯作「也（不）…」、「都（不）…」。

例 どこも　行きません。　　哪裡都不想去。

⑤ 今日は　寒いですね。　　今天真冷啊！

「寒い」是形容詞，用來描述天氣或環境的寒冷。形容詞可以描述客觀狀態，也能表達主觀感受。第10章有詳細的說明。

例 この　料理は　辛いです。　　這道菜很辣。

例 先生は　親切です。　　老師人很親切。

⑥ 2月中 ずっと 寒いですか。　　2月份都會這麼冷嗎？

☑ **中（じゅう／ちゅう）**　　全…、整…／在…中、正在…

　　「中（じゅう／ちゅう）」在日語中，有一些詞語本身不能單獨使用，必須與其他詞搭配才能發揮作用。這些詞根據它們的位置，可以分為接頭語和接尾語。「中（じゅう／ちゅう）」是接尾詞，唸「じゅう」時表示整個時間範圍內的狀態或動作。唸「ちゅう」時表示某段時間內正在進行的事情。

例 父は 1日中 働きました。　　父親一整天都在工作。

例 仕事は 今月中に 終わります。　　工作將在這個月內結束。

⑦ 雪も 山の 上から 町の 中まで よく 降ります。　　而且從山上到整個城鎮，甚至會經常下雪。

☑ **［場所］から ［場所］まで**　　從 ［場所］ 到 ［場所］

　　表示空間的起點和終點，描述距離或範圍。「から」用在起點，「まで」用在終點。

例 病院から 家まで 1時間です。　　從醫院到家裡要一個小時。
▶「病院」（醫院）是起點，表示從哪裡開始；「家」（家）是終點，表示到哪裡結束；「1時間」（一小時）是補語，說明從醫院到家所需的時間。句型用於說明從某地（病院）到某地（家）的範圍及其所需的時間長度（一小時）。

例 駅から 郵便局まで 歩きました。　　從車站走到郵局。

⑧ 3月は どうですか。　　3月份如何呢？

☑ **［名詞］はどうですか**　　［名詞］怎麼樣？

　　「どう」用在詢問對方的想法、感受，或不確定情況時提出問題。

例 テストは どうですか。　　考試考得怎樣？
▶「テスト」（考試）是主題，表示被詢問的內容；「どう」（如何）是補語，用於詢問主題（考試）的情況或意見；「か」是疑問助詞，用於表示提問。句型用於禮貌地詢問某事物（考試）的狀況或對其看法。

⑨ 3月でも 雪が 降りますか。　　3月同樣會下雪嗎？

☑ **［名詞］が（主語）**　　［名詞］的（主語）

　　上面的「が」是主語助詞，標示主語，常用在描寫看得見、聽得見的事情。

例 風が 吹きます。　　風在吹。

例 猫が 鳴きます。　　貓在叫。

⑩ 前半は 降りますが、後半は 降りません。　　中旬之前會下，中旬以後不會下。

☑ **［名詞］は ［動詞］が、［名詞］は ［動詞］**　　［名詞］ ［動詞］，但是 ［名詞］ ［動詞］

　　「は」用在比較或區別兩個對象，而「が」表示逆接，語氣更有層次感。」。

例 弟は 遊びますが、妹は 遊びません。　　弟弟要玩，但是妹妹不玩。
▶「弟」（弟弟）是第一主題，「遊びます」（玩）是第一主題的動作；「が」是接續詞，用於對比兩句內容；「妹」（妹妹）是第二主題，「遊びません」（不玩）是第二主題的動作。句型用來對比兩個主語（弟弟與妹妹）在行為上的不同（弟弟玩，但妹妹不玩）。

1 A 聽力練習！看看下面的照片，學會四季氣候的形容方法吧！

> 掌握四季氣候的日語表達，輕鬆描述春暖花開與冬日寒冷的變化！

① 春／暖かい（春天／暖和）

② 夏／暑い（夏天／炎熱）

③ 秋／涼しい（秋天／涼爽）

④ 冬／寒い（冬天／寒冷）

2 B 根據上方對四季的形容，並參考以下對話，跟你的朋友練習聊聊春夏秋冬的氣候。

Track 7.3

Ⓐ 東京の 春は どうですか。
Ⓑ 暖かいです。

A：東京的春天（天氣）如何？
B：很暖和。

東京の ＿＿＿ は どうですか。

＿＿＿です。

其他參考對話詳見P149

3 C 關於天氣的單字都記住了嗎？請根據以下四組關鍵字，並參考氣預報，練習看看！

  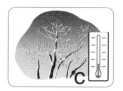 

 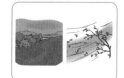  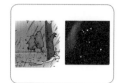

❶ 暖かい（暖和）　　❷ 涼しい（涼爽）　　❸ 寒い（寒冷）　　❹ 暑い（炎熱）

晴れ／雨（晴天／雨）　曇り／風（陰天／風）　雪／晴れ（雪／晴天）　雨／星空（雨／滿天星斗）

天気予報／天氣預報

予報士　明日の　天気です。明日は　1日中　暖かいでしょう。
午前は　晴れですが、午後は　雨でしょう。

氣象員：這是明天的天氣。明天一整天都是暖和的天氣。早上
雖然是晴天，但下午將會下雨。

其他參考對話詳見P149

實戰演練

▶　今天是幾月呢？聽聽看！再大聲唸出來！ Track 7.5

❶ いちがつ 1月	❼ しちがつ 7月		
❷ にがつ 2月	❽ はちがつ 8月		
❸ さんがつ 3月	❾ くがつ 9月		
❹ しがつ 4月	❿ じゅうがつ 10月		
❺ ごがつ 5月	⓫ じゅういちがつ 11月		
❻ ろくがつ 6月	⓬ じゅうにがつ 12月		

七月來了！你放暑假了嗎？

一起去海邊玩吧！

1 對話練習ア！聊氣候，再加入月份說法，讓你的會話更完整！根據下列四組關鍵字，並參考下面對話，形容一下氣候吧！最後兩句日文橘字請自由發揮囉！ (Track 7.6)

Ⓐ 東京の　7月は　暑いですか。

Ⓑ はい、とても　暑いです。

Ⓐ 12月は　どうですか。

Ⓑ 寒いです。

Ⓐ 東京でも　雪が　降りますか。

Ⓑ ときどき　降ります。

A：東京的7月熱嗎？

B：是的，很熱。

A：12月如何呢？

B：非常寒冷。

A：東京也會下雪嗎？

B：有時候會下。

其他參考對話詳見P149

● **By the way**
　　別忘記南、北半球氣候是顛倒的喔！譬如オーストラリア（澳洲），夏天大概在12月到2月，冬天則是6月到8月。

① **東京**／東京

7月／暑い（7月／炎熱）
12月／寒い（12月／寒冷）

② **北海道**／北海道

2月／寒い（2月／寒冷）
6月／涼しい（6月／涼爽）

③ **ハワイ**／夏威夷

9月／暑い（9月／炎熱）
12月／暑い（12月／炎熱）
一年中／暑い（全年炎熱）

④ **ニューヨーク**／紐約

8月／暑い（8月／炎熱）
4月／涼しい（4月／涼爽）

日語初接觸

1 今天是幾號呢？聽聽看！再大聲唸出來！ 🎧 Track 7.7

1~10日	11~20日	21~31日
ついたち 1日／1號	じゅういち にち 11日／11號	にじゅういち にち 21日／21號
ふつか 2日／2號	じゅうに にち 12日／12號	にじゅうに にち 22日／22號
みっか 3日／3號	じゅうさん にち 13日／13號	にじゅうさん にち 23日／23號
よっか 4日／4號	じゅうよっ か 14日／14號	にじゅうよっ か 24日／24號
いつか 5日／5號	じゅうご にち 15日／15號	にじゅうご にち 25日／25號
むいか 6日／6號	じゅうろく にち 16日／16號	にじゅうろく にち 26日／26號
なのか 7日／7號	じゅうしち にち 17日／17號	にじゅうしち にち 27日／27號
ようか 8日／8號	じゅうはち にち 18日／18號	にじゅうはち にち 28日／28號
ここの か 9日／9號	じゅうく にち 19日／19號	にじゅうく にち 29日／29號
とお か 10日／10號	はつ か 20日／20號	さんじゅう にち 30日／30號
		さんじゅういち にち 31日／31號
		なんにち 何日／幾號

聽力練習

2 聽聽音檔，按照音檔的對話順序，標上數字。 🎧 Track 7.8

☐ いいえ、北海道の 夏は 涼しいです。

☐ はい、7月から 8月まで とても 暑いです。

1 東京の 夏は 暑いですか。

☐ ハワイは どうですか。

☐ 日本の 夏は、北海道から 沖縄まで、どこも 暑いですか。

☐ ハワイは 一年中 暑いです。

答案及翻譯詳見P149

▶ 對話練習イ！每逢佳節倍思親，日本的這些節日怎麼說呢？參考以下四組關 **Track 7.9**
鍵字和對話，跟朋友練習一下吧！

Ⓐ 今日は　寒いですね。

Ⓑ ええ、本当に　寒いです。

Ⓐ もうすぐ　節分ですね。

Ⓑ 節分は　いつですか。

Ⓐ 2月3日です。

Ⓑ えっ、2月4日ですか。

Ⓐ いいえ、2月3日です。

A：今天好冷啊！

B：是啊！真是冷啊！

A：節分就快到了。

B：節分是什麼時候？

A：2月3日。

B：咦，2月4日嗎？

A：不，是2月3日。

其他參考對話詳見P150 ▶

❶ 寒い／節分
2月3日／2月4日

❷ 暖かい／ひな祭り
3月3日／3月4日

❸ 暑い／七夕
7月7日／8月9日

❹ 寒い／クリスマスイブ
12月24日／
11月14日

1 請閱讀以下短文，試著回答下列問題。

宇宙の 皆さん、こんにちは。今日は 地球を 紹介します。地球は きれいです。ただ、人が 多いです。気候は、赤道は 暑いですが、北極と 南極は 寒いです。赤道から 北極や 南極まで の間は、いろいろです。あなたの 星は どうですか。

2 挑戰時間到！讀完上文，回答下列問題，展現你的閱讀實力吧！

① 地球は どうですか。

　❶ きれいです。

　❷ 暑いです。

　❸ 寒いです。

　❹ きれいでは ありません。

② 地球の 気候は どうですか。

　❶ 多いです。

　❷ 暑いです。

　❸ 寒いです。

　❹ いろいろです。

3 翻譯大考驗！閱讀文章回答問題後，試著完成翻譯，看看你的雙語實力有多厲害！

　　　來自宇宙的朋友們，大家好！今天要為大家介紹地球。地球非常美麗，但人類數量實在不少。氣候方面，赤道地區酷熱，北極與南極則冰寒刺骨，而從赤道延伸至南北極之間，氣候呈現出多樣的變化。那麼，您的星球又是什麼模樣呢？

① 地球如何呢？

　❶ 很漂亮。　② 很熱。　❸ 很冷。　④ 不漂亮。

② 地球的氣候如何呢？

　❶ 很多。　❷ 很熱。　❸ 很冷。　④ 各式各樣。

答案：❶1、❷4

▶ 剛上完一課，快來進行單字總復習！

氣象	 ● 天気（てんき）天氣；好天氣	● 風（かぜ）風 	● 雨（あめ）雨
● 雪（ゆき）雪	● 暑い（あつ）〈天氣〉熱，炎熱	● 寒い（さむ）〈天氣〉寒冷	● 涼しい（すず）涼爽，涼爽
● 曇る（くも）變陰；陰天	● 晴れる（は）〈天氣〉放晴，〈雨，雪〉停止	季節	● 春（はる）春天 
● 夏（なつ）夏天	● 秋（あき）秋天	● 冬（ふゆ）冬天	日期 
● 1日（ついたち）〈每月〉一號，初一	● 2日（ふつか）〈每月〉二號；兩天	● 3日（みっか）〈每月〉三號；三天	● 4日（よっか）〈每月〉四號；四天
● 5日（いつか）〈每月〉五號；五天	● 6日（むいか）〈每月〉六號；六天	● 7日（なのか）〈每月〉七號；七天	● 8日（ようか）〈每月〉八號；八天
● 9日（ここのか）〈每月〉九號；九天	● 10日（とおか）〈每月〉十號；十天	● 20日（はつか）〈每月〉二十日；二十天	● 一日（いちにち）一天；一整天
● カレンダー【calendar】日曆	年月份	● 先月（せんげつ）上個月	● 今月（こんげつ）這個月
● 来月（らいげつ）下個月	● 毎月／毎月（まいげつ／まいつき）每個月	● 一月（ひとつき）一個月	● 一昨年（おととし）前年
● 去年（きょねん）去年	● 今年（ことし）今年	● 来年（らいねん）明年	● 再来年（さらいねん）後年
● 毎年／毎年（まいねん／まいとし）每年	● 年（とし）年；年紀	● ～時（とき）時	

加碼學習

1 日語有哪些品詞呢？

● 學習日語品詞，從「主語、修飾語、補語、述語」分類解析句子結構，掌握用法！

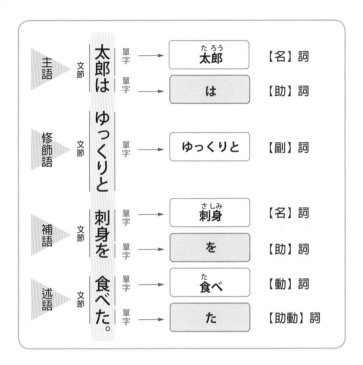

2 日語共有11種品詞。

● 透過單字介紹日語11品詞，解析詞性特徵，幫助學習者快速理解並運用！

品　詞	單　　　字	
【　動　】詞	あう 会う 見面	み 見る 看
【　名　】詞	て 手 手	あめ 雨 雨
【　代名　】詞	どこ 哪裡	これ 這個
【　形　容　】詞	やす 安い 便宜	たの 楽しい 快樂
【形容動】詞	しず 静かだ 安靜	べんり 便利だ 方便
【　副　】詞	すこ 少し 一些	とても 非常
【　連　體　】詞	その 那個	おお 大きな 大的
【　接　續　】詞	しかし 但是	だから 所以

品　詞	單　　　字	
【　助　】詞	を は が から のに 　あ　　　　　　　　　み 　　　　　　從…　卻…	
【助　動】詞	た れる そうだ 　　　　　聽說	
【感　動】詞	はい ああ 是的 啊	

1　文字、語彙問題

> もんだい1 _____の ことばは ひらがな、カタカナや かんじで どう かきますか。1・2・3・4から いちばん いいものを ひとつ えらんで ください。

① かいしゃは らいげつの <u>6日</u>が やすみです。
　　❶むっか　　　❷むいか　　　❸むいつか　　　❹むつか

② きょうは <u>20日</u>です。あしたは 21にちです。
　　❶はつか　　　❷はたち　　　❸はずか　　　❹はちか

③ だいがくの しけんは <u>来月</u>の ついたちから です。
　　❶らいがつ　　❷らいげつ　　❸きつき　　　❹らいづき

④ わたしは <u>毎月</u> しょうせつを 3さつ よみます。
　　❶まいつき　　❷まえげつ　　❸まいがつ　　❹まいづき

⑤ のりこの たんじょうびは 4がつ <u>ようか</u>です。
　　❶4日　　　　❷5日　　　　❸8日　　　　❹9日

⑥ らいねんの <u>かれんだー</u>を かいました。
　　❶カテンダー　❷カルンダー　❸カレンダー　❹カレシダー

> もんだい2 （　　　）に なにを いれますか。1・2・3・4から いちばん いいものを ひとつ えらんで ください。

① きょうは 7がつ （　　　） です。
　　❶よんか　　　❷いっか　　　❸むいか　　　❹ななか

> もんだい3 _____の ぶんと だいたい おなじ いみの ぶんが あります。1・2・3・4から いちばん いいものを ひとつ えらんで ください。

① <u>おととし</u> にほんに きました。
　　❶ふつかまえ にほんに きました。
　　❷にしゅうかんまえ にほんに きました。
　　❸にかげつまえ にほんに きました。
　　❹にねんまえ にほんに きました。

模擬考題

2 文法問題

もんだい1 （　　　）に　なにを　いれますか。1・2・3・4から
いちばん　いいものを　ひとつ　えらんで　ください。

① 中川「山田さんは　あした　じかんが　ありますか。」
　　山田「あさ（　　　）　いそがしいですが、ごごは　ひまです。」
　　❶が　　　　　　　❷は　　　　　　　❸に　　　　　　　❹で

② 今日は　いちにち（　　　）　はたらきました。つかれました。
　　❶じゅう　　　　　❷まで　　　　　　❸ごろ　　　　　　❹あと

③ 妹は　にんじんを　食べます（　　　）、弟は　食べません。
　　❶か　　　　　　　❷は　　　　　　　❸と　　　　　　　❹が

④ ここ（　　　）　ジュースは　飲みません。
　　❶へは　　　　　　❷には　　　　　　❸では　　　　　　❹とは

⑤ おさいふは（　　　）ありませんでした。
　　❶どこにも　　　　❷いつも　　　　　❸どこもに　　　　❹どこに

⑥ がっこうは　（　　　）からですか。
　　❶いつも　　　　　❷何も　　　　　　❸いつ　　　　　　❹どこに

⑦ 今日は　ごごから　あめが　（　　　）　でしょう。
　　❶ふる　　　　　　❷ふり　　　　　　❸ふって　　　　　❹ふります

もんだい2 ＿＿＿★＿＿に　いれる　ものは　どれですか。1・2・3・
4から　いちばん　いいものを　ひとつ　えらんで　ください。

① 山田「すみません。どよびの　ごぜんは　じかんが　ありません。」
　　田中「では、にちようび＿＿＿　＿＿＿　＿★＿　＿＿＿　ですか。」
　　❶どう　　　　　　❷ごご　　　　　　❸は　　　　　　　❹の

② 橋本「わたしたちは　えき＿＿＿　＿＿＿　＿★＿　＿＿＿。」
　　中山「たいへんですね。」
　　❶まで　　　　　　❷あるきます　　　❸いえ　　　　　　❹から

健康 × 活力！
我的幸福小日子

昼ご飯は何を食べますか。

看圖記單字

▶ 聽聽看！再大聲唸出來！ Track 8.1

① 魚（さかな）/ 魚

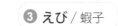
③ えび / 蝦子

⑤ 肉（にく）/ 肉類

⑥ チーズ / 乳酪

② いか / 烏賊

④ 貝（かい）/ 貝類

⑪ ケーキ / 蛋糕

⑦ 牛乳（ぎゅうにゅう）/ 牛奶

⑧ ヨーグルト / 優酪乳

⑨ バター / 牛油，奶油

⑩ チョコレート / 巧克力

⑬ たまねぎ / 洋蔥

⑮ にんじん / 紅蘿蔔

⑯ じゃがいも / 馬鈴薯

⑫ トマト / 蕃茄

⑭ 大根（だいこん）/ 白蘿蔔

⑰ キャベツ / 高麗菜

⑲ ぶどう / 葡萄

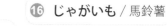
㉑ すいか / 西瓜

㉓ パン / 麵包

⑱ バナナ / 香蕉

⑳ りんご / 蘋果

㉒ レモン / 檸檬

㉔ ご飯（はん）/ 米飯

㉕ 麵（めん）/ 麵

▶ 「民以食為天」，這句話你一定同意吧！食物不僅是維持生命的能量來源，品嘗美食更能帶來愉悅的心情。想像一下，熱騰騰的料理端上桌，那一瞬間是不是覺得所有疲憊都被治癒了呢？所以，即便在減肥期間，也絕不能忽視必需的營養哦！健康和美味，其實可以兼得！

Track 8.2

● 陽菜跟祥太兩人正在討論午餐要吃什麼。參考下方對話，跟同伴練習一下吧！

陽菜　昼ご飯は　何❶を　食べますか。

祥太　肉を　食べます。

陽菜　どんな　肉❷ですか。

祥太　ステーキです。ステーキは　おいしいですよ❸。

陽菜　何を　飲みますか。

祥太　コーヒーや　紅茶❹を　飲みます。

陽菜　どこで　食べますか。

祥太　レストランで　食べます❺。

陽菜：午餐要吃什麼呢？

祥太：要去吃肉。

陽菜：要吃什麼肉呢？

祥太：牛排。牛排很好吃喔。

陽菜：那要喝什麼呢？

祥太：喝咖啡或是紅茶。

陽菜：要到哪裡吃呢？

祥太：在餐廳吃。

文法重點提要

❶ 何（なに／なん）
❷ どんな[名詞]
❸ [句子]よ
❹ [名詞]や[名詞]（など）
❺ [場所]で[動詞]

細解說請見下頁 ▶

文法重點說明

① 昼ご飯は 何を 食べますか。　　午餐要吃什麼呢？

☑ 何（なに／なん）　　什麼

「何（なに／なん）」用在代替名稱或不確定的事物，也常用在詢問數字或類別。其讀音會根據後接詞語而變化。「なに」接「が、を、も」時讀作「なに」。「なん」接「だ、の」或詢問數字時讀作「なん」。至於「何で」、「何に」、「何と」及「何か」唸「なに」或「なん」都可以。

例 それは 何の 本ですか。　　那是什麼書呢？

例 あしたは 何曜日ですか。　　明天是星期幾呢？

② どんな 肉ですか。　　要吃什麼肉呢？

☑ どんな［名詞］　　什麼樣的［名詞］

「どんな」後接名詞，用在詢問事物的種類、性質或內容。

例 どんな 本を 読みますか。　　你看什麼樣的書？

例 それは どんな 色ですか。　　那是什麼顏色？

「どれ」問範圍中具體的選擇；「どちら」表示較禮貌的詢問。

③ ステーキは おいしいですよ。　　牛排很好吃喔。

☑ ［句子］よ　　　［句子］喔

「よ」用在加強語氣，引起對方注意或分享信息，通常是說話人認為對方不知道的內容。

例 この 料理は おいしいですよ。　　這道菜很好吃喔。

例 これは 太郎の 辞書ですよ。　　這是太郎的辭典喔。

「ね」表示確認或共鳴；「よね」表示既有提醒又有共鳴。

④ コーヒーや 紅茶を 飲みます。　　喝咖啡或是紅茶。

☑ ［名詞］や［名詞］（など）　　［名詞］和［名詞］（等等）

「や」用在列舉部分事物作為代表，而不是全部列舉。後加「など」進一步強調未列出的部分。

例 りんごや みかんを 買いました。　　買了蘋果和橘子。

▶「や」將受詞「りんご（蘋果）、みかん（橘子）」並列，表示兩者都被購買。「など」隱含還有其他可能購買的水果或物品；「買いました」（買了）是動詞，說明購買的行為。句型用來列舉幾個例子（蘋果和橘子），暗示還可能購買了其他相關物品。

例 テニスや 野球などを します。　　打網球和棒球等等。

「と」表示列舉全部；「か」表示選擇。

⑤ レストランで 食べます。　　在餐廳吃。

☑ ［場所］で［動詞］　　在［場所］做［動詞］

表示動作進行的場所。

例 玄関で 靴を 脱ぎました。　　在玄關脫了鞋子。

例 家で テレビを 見ます。　　在家看電視。

助詞「で」的其他用法：表工具或手段；表原因或理由。

入門全收錄

A 山下さんは 映画を 見ますか。

B ええ、見ますよ。

A どこで 見ますか。

B 渋谷で見ます。

A そうですか。

A：山下小姐看電影嗎？

B：嗯，看啊！

A：在哪裡看呢？

B：在澀谷看。

A：這樣啊！

其它參考對話詳見P150

---

①

映画を 見ます／ 渋谷
看電影／澀谷

②

テニスを します／ 市民体育館
打網球／市民體育館

③

散歩を します／ 公園
散步／公園

④

日本料理を 食べ ます／料亭
吃日本料理／高級日 本料理店

⑤

ビールを 飲みます ／居酒屋
喝啤酒／居酒屋

⑥

ケーキを 作ります ／家
做蛋糕／家

1　聽力練習！人們在談論運動跟飲食習慣，請將音檔中提到的項目，在方格內打勾。

❶
スポーツ
／運動

 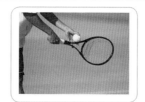 

　○　サッカー／足球　　　○　テニス／網球　　　○　<ruby>水泳<rt>すいえい</rt></ruby>／游泳

❷
<ruby>お酒<rt>さけ</rt></ruby>
／酒

　○　<ruby>日本酒<rt>にほんしゅ</rt></ruby>／日本酒　　　○　ビール／啤酒　　　○　ワイン／葡萄酒

❸
<ruby>果物<rt>くだもの</rt></ruby>
／水果

　○　もも／桃子　　　○　<ruby>柿<rt>かき</rt></ruby>／柿子　　　○　ぶどう／葡萄

答案詳見P151

○　好好表現一下囉！以上面的圖為話題，參考下面對話，跟同伴說説自己的習慣。

Ⓐ どんな　スポーツを　しますか。
Ⓑ サッカーや　テニスを　します。
Ⓐ <ruby>水泳<rt>すいえい</rt></ruby>も　しますか。
Ⓑ いいえ、しません。

A：你都做些什麼運動呢？
B：我都踢足球或打網球。
A：也游泳嗎？
B：不，我不游泳。

▶ 造句練習！這些句子都亂了，請把它們按照順序排好。

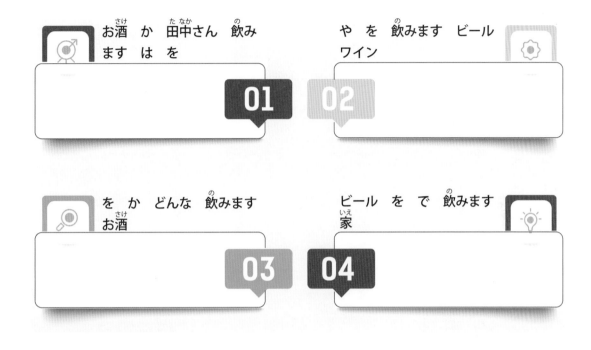

お酒（さけ） か 田中（たなか）さん 飲（の）み ます は を

01

や を 飲（の）みます ビール ワイン

02

を か どんな 飲（の）みます お酒（さけ）

03

ビール を で 飲（の）みます 家（いえ）

04

答案都寫完了嗎？別看這個小測驗簡單，其實它暗藏玄機！這一題可幫助您深入掌握日文語序的特徵，是學好日語的基礎必修課喔！寫完後，別忘了翻到解答篇，核對一下您的答案，看看是否全都答對了呢？也許，還能發現一些新的學習靈感喔！

上下答案及翻譯詳見P151

2 填空題練習！輕鬆掌握短句中的「吃」、「喝」、「吸／抽」，熟悉基本動詞用法！

● 填入正確的動詞（たべます、のみます、すいます）

① ごはんを＿＿＿＿＿＿→ 吃飯

② おちゃを＿＿＿＿＿＿→ 喝茶

③ パンを＿＿＿＿＿＿→ 吃麵包

④ ジュースを＿＿＿＿＿＿→ 喝果汁

⑤ すしを＿＿＿＿＿＿→ 吃壽司

⑥ みずを＿＿＿＿＿＿→ 喝水

⑦ そばを＿＿＿＿＿＿→ 吃蕎麥麵

⑧ たばこを＿＿＿＿＿＿→ 吸菸

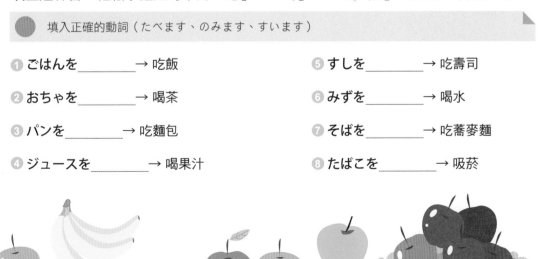

日語初接觸

▶ 對話練習イ！您中午都吃些什麼呢？參考下圖跟朋友練習下列的對話吧！ Track 8.5

A 昼ご飯は 何を 食べますか。
B ステーキを 食べます。
A 何を 飲みますか。
B コーヒーを 飲みます。
A どこで 食べますか。
B レストランで 食べます。

A：你中餐吃什麼？
B：我吃牛排。
A：喝什麼呢？
B：喝咖啡。
A：在哪裡吃呢？
B：在餐廳。

❶ 食べ物／食物

ステーキ／牛排

オムレツ／歐姆蛋

すき焼き／壽喜燒

❷ 飲み物／飲品

コーヒー／咖啡

ジュース／果汁

お茶／茶

❸ 場所／場所

レストラン／餐廳

会社／公司

家／家

讀解練習

1 請閱讀以下短文，試著回答下列問題。

今日の　朝は、家で　だんごを　3種類　食べました。お昼は、レストランで　チーズケーキを　食べました。チーズは　カルシウムが　多いです。夜は、居酒屋で　お酒を　飲みました。ビールや　日本酒、ワインなどです。今日の　食事は、栄養の　バランスが　いいです。

2 挑戰時間到！讀完上文，回答下列問題，展現你的閱讀實力吧！

❶ 今日は　家で　何回　ご飯を　食べましたか。

❶ 0回

❷ 1回

❸ 2回

❹ 3回

❷ 今日は　お酒を　何回　飲みましたか。

❶ 0回

❷ 1回

❸ 2回

❹ 3回

3 翻譯大考驗！閱讀文章回答問題後，試著完成翻譯，看看你的雙語實力有多厲害！

今天早上在家享用了三種不同的丸子；中午則在餐廳品嘗了起司蛋糕，起司富含豐富的鈣質；晚上來到居酒屋，喝了幾杯酒，包括啤酒、日本清酒和葡萄酒等。整天的餐點既豐富又均衡，營養搭配得恰到好處。

❶ 今天在家吃了幾餐呢？

❶ 一餐都沒有　❷ 一餐　❸ 兩餐　❹ 三餐

❷ 今天喝了幾次酒呢？

❶ 一次都沒有　❷ 一次　❸ 兩次　❹ 三次

答案：❶ ❷、❷ ❷

單字總整理！

▶ 剛上完一課，快來進行單字總復習！

する動詞	● する 做，進行	● 洗濯(せんたく)・する 洗衣服，洗滌	● 掃除(そうじ)・する 打掃，清掃
● 旅行(りょこう)・する 旅行，旅遊	● 散歩(さんぽ)・する 散步	● 勉強(べんきょう)・する 努力學習	● 練習(れんしゅう)・する 練習，學習
● 結婚(けっこん)・する 結婚	● 質問(しつもん)・する 提問，問題	**食物**	● コーヒー 【coffee】 咖啡 
● 牛乳(ぎゅうにゅう) 牛奶	● お酒(さけ) 酒；清酒	● 肉(にく) 肉	● 鳥肉(とりにく) 雞肉
● 水(みず) 水	● 牛肉(ぎゅうにく) 牛肉	● 豚肉(ぶたにく) 豬肉	● お茶(ちゃ) 茶，茶葉
● パン【(葡) pão】 麵包	● 野菜(やさい) 蔬菜，青菜	● 卵(たまご) 蛋，雞蛋	● 果物(くだもの) 水果，鮮果
其他動詞	● 会(あ)う 見面，遇見	● 上(あ)げる／挙(あ)げる 送給；舉起	● 遊(あそ)ぶ 遊玩；遊覽
● 浴(あ)びる 淋，浴，澆	● 洗(あら)う 沖洗，清洗	● 在(あ)る 在，存在	● 有(あ)る 有，持有
● 言(い)う 講；說話	● 居(い)る 〈人或動物的存在〉有，在	● 要(い)る 要，需要	● 歌(うた)う 唱歌；歌頌
● 置(お)く 放，放置	● 泳(およ)ぐ 游泳	● 終(お)わる 完畢，結束	● 返(かえ)す 還，歸還；送回
● 掛(か)ける 打電話	● 被(かぶ)る 戴〈帽子等〉	● 切(き)る 切，剪，裁剪；切傷	● 下(くだ)さい 〈表請求對方作〉請給〈我〉；請～

- こた 答える
回答，答覆

- さ 咲く
開〈花〉

- さ 差す
撐〈傘等〉

- し 締める
勒緊；繫著

- し 知る
知道，得知

- す 吸う
吸，抽

- す 住む
住，居住

- たの 頼む
請求，要求

- ちが 違う
不同，差異

- つか 使う
使用；花費

- つか 疲れる
疲倦，疲勞

- つ 着く
到，到達

- つく 作る
做，造

- つ 点ける
點〈火〉，點燃

- つと 勤める
工作，任職

- でき 出来る
可以，辦得到

- と 止まる
停，停止

- と 取る
拿取；採取

- と 撮る
拍照，拍攝

- な 鳴く
〈鳥，獸，蟲等〉叫，鳴

- な 無くす
喪失

- な 為る
成為，變成

- のぼ 登る
登；攀登〈山〉

- は 履く／穿く
穿〈鞋，襪；褲子等〉

- はし 走る
〈人，動物〉跑步

- は 貼る
貼上，糊上

- ひ 弾く
彈，彈奏

- ふ 吹く
〈風〉刮，吹

- ふ 降る
落，下，降〈雨，雪，霜等〉

- ま 曲がる
彎曲；拐彎

- ま 待つ
等候，等待

- みが 磨く
刷洗，擦亮

- み 見せる
讓〜看，給〜看

- み 見る
看，觀看

- もう 申す
叫做，稱

- も 持つ
拿，帶

- やる
做，幹

- よ 呼ぶ
呼叫，招呼

- わた 渡る
渡，過〈河〉

- わた 渡す
交給，交付

1　文字、語彙問題

> もんだい1　＿＿＿の　ことばは　ひらがな、カタカナや　かんじ
> で　どう　かきますか。1・2・3・4から　いちばん　いいものを
> ひとつ　えらんで　ください。

① あさは　パンと　<u>牛乳</u>を　たべます。
　❶ ぎゅうにゅ　　❷ ぎゅうにゅう　　❸ ぎゅうにゆう　　❹ ぎうにゅう

② わたしは　<u>牛肉</u>と　さしみを　たべませんでした。
　❶ ぎゅにく　　❷ ぎゅうにく　　❸ きゅうにく　　❹ ぎゅにぐ

③ はなこさん、ちょっと　<u>お茶</u>を　のんで　から　かえりませんか。
　❶ ちゃあ　　❷ ちゃい　　❸ ちや　　❹ ちゃ

④ どようびの　ごごは　<u>洗濯</u>で　いそがしかったです。
　❶ せいたく　　❷ せんだく　　❸ せったん　　❹ せんたく

⑤ わたしの　あには　はなこさんと　<u>結婚</u>します。
　❶ けつこん　　❷ けっこん　　❸ げつこん　　❹ けごん

⑥ きのう　たなかさんと　やまに　<u>登り</u>ました。
　❶ のほり　　❷ のぽり　　❸ のぼうり　　❹ のぼり

⑦ にくと　<u>たまご</u>を　かって　きて　ください。
　❶ 茆　　❷ 卵　　❸ 卵　　❹ 柳

⑧ けさは　<u>くだもの</u>は　たべませんでした。
　❶ 果物　　❷ 菓者　　❸ 果者　　❹ 菓物

⑨ どようびは　<u>さんぽ</u>を　した　あとで　しゅくだいを　しました。
　❶ 三歩　　❷ 散歩　　❸ 参歩　　❹ 散浦

⑩ にちようびには　みんなで　<u>そうじ</u>を　しました。
　❶ 掃余　　❷ 掃除　　❸ 帰除　　❹ 掃徐

もんだい2 （　　　）に　なにを　いれますか。1・2・3・4から
いちばん　いいものを　ひとつ　えらんで　ください。

❶ みなさん、しゃしんを　（　　　）よ。

　❶ つけます　　　　❷ おします　　　　❸ とります　　　　❹ つくります

もんだい3 ＿＿＿＿の　ぶんと　だいたい　おなじ　いみの　ぶん
が　あります。1・2・3・4から　いちばん　いいものを　ひとつ
えらんで　ください。

❶ いまから　せんたくを　します。

　❶ いまから　てや　かおを　あらいます。

　❷ いまから　シャツや　ズボンを　あらいます。

　❸ いまから　ちゃわんや　コップを　あらいます。

　❹ いまから　くるまを　あらいます。

❷ いまから　そうじを　します。

　❶ いまから　ようふくを　きれいに　します。

　❷ いまから　へやを　きれいに　します。

　❸ いまから　おさらを　きれいに　します。

　❹ いまから　からだを　きれいに　します。

❸ まいあさ　こうえんを　さんぽします。

　❶ まいあさ　こうえんで　うたいます。

　❷ まいあさ　こうえんで　はしります。

　❸ まいあさ　こうえんで　すわります。

　❹ まいあさ　こうえんで　あるきます。

2 文法問題

> もんだい1　（　　　）に　なにを　いれますか。1・2・3・4から
> いちばん　いいものを　ひとつ　えらんで　ください。

❶ わたしの　兄は　来月から　ぎんこう（　　）　はたらきます。

　❶に　　　　　　❷へ　　　　　　❸を　　　　　　❹で

❷ A「いっしょに　おやつは　どうですか。ケーキ（　　）　くだものなど、
　　おいしいですよ。」

　B「ありがとう　ございます。」

　❶が　　　　　　❷や　　　　　　❸も　　　　　　❹と

❸ A「山口さんは　（　　　　）　人ですか。」

　B「とても　おもしろい　人です。」

　❶どこの　　　　❷どんな　　　　❸どうして　　　❹どれぐらい

❹ ちかくに　ゆうびんきょくや　ぎんこう　（　　）　が　あります。

　❶と　　　　　　❷など　　　　　❸も　　　　　　❹たち

❺ ここ　（　　）　すこし　やすみます。

　❶と　　　　　　❷で　　　　　　❸の　　　　　　❹を

❻ えきから　とおいです（　　　）。

　❶に　　　　　　❷よ　　　　　　❸は　　　　　　❹を

> もんだい2　＿＿＿★＿＿に　いれる　ものは　どれですか。1・2・3・
> 4から　いちばん　いいものを　ひとつ　えらんで　ください。

❶ 田中「山田さんは　今度の　＿＿＿　＿＿＿　＿★＿　＿＿＿　しますか。」

　山田「にほんごを　べんきょうします。」

　❶に　　　　　　❷なつやすみ　　❸を　　　　　　❹何

❷ 山中「きのう、ちかく　＿＿＿　＿＿＿　＿★＿　＿＿＿　を　たべました。」

　大山「どんな　レストランですか。」

　❶レストラン　　❷ごはん　　　　❸で　　　　　　❹の

加碼練習

1 代名詞的圖像

不稱呼對方的名字、名稱，而用「你、我、他、它」來稱呼人或物的叫代名詞。

名詞的活用變化如下：

2 名詞

名詞的活用變化如下：

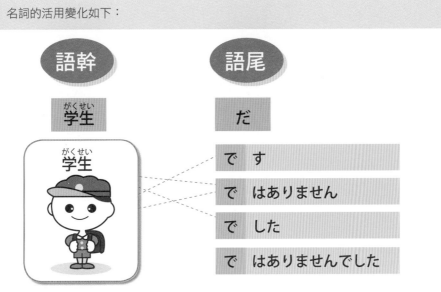

上？下？左？右？東西在哪裡呢？

あれ、お皿がありませんね。

看圖記單字

▶ 聽聽看！再大聲唸出來！ Track 9.1

洗滌槽
① 流し台
なが だい

平底鍋
⑦ フライパン

毛巾
⑬ タオル

微波爐
② 電子レンジ
でん し

盤子
⑧ 皿
さら

拖鞋
⑭ スリッパ

鍋子
③ 鍋
なべ

叉子
⑨ フォーク

梳子
⑮ ヘアブラシ

燒水壺
④ やかん

刀子
⑩ ナイフ

肥皂
⑯ せっけん

菜刀
⑤ 包丁
ほうちょう

切菜板
⑥ まな板
いた

牙刷
⑪ 歯ブラシ
は

杯子
⑫ コップ

洗髮精
⑰ シャンプー

潤絲精
⑱ リンス

靈活應用

▶ 鈴木先生總是神經大條，經常找不到東西；鈴木太太則是出了名的小迷糊，總是忘東忘西。這樣一對「丟三落四」的夫妻，卻讓人忍不住覺得他們的日常既有趣又溫馨。或許，正是這些小小的缺點，成為了鈴木夫婦感情甜蜜的秘訣吧！你是不是也很好奇，他們之間還藏著哪些有趣的故事呢？

Track 9.2

▶ 一人扮演鈴木先生，一人扮演鈴木太太，跟同伴一起練習下面對話囉！

先生 あれ、お皿が ありません❶ね。

太太 ええと、お皿は 下の 棚に あります❷。

先生 え、下の 棚、下の 棚、下の 棚には ありませんよ。

太太 あっ、ごめん、上の 棚です。

先生 あ、ありました。どうぞ。この 台所は 棚が たくさん ありますね。

太太 ええ。あれ、お皿に ひびが あります❸ね。

先生 あっ、そうですね。

先生：咦？我找不到盤子耶。

太太：我想想…，盤子在下面的櫃子裡。

先生：唔…下面的櫃子…下面的櫃子…下面的櫃子裡沒有啊？

太太：啊，對不起！是在上面的櫃子！

先生：喔，找到了。給你。這間廚房的櫃子真不少呢。

太太：是呀。咦？這個盤子有裂縫喲。

先生：啊，真的耶！

文法重點提要

❶ [名詞]があります／います（存在）

❷ [場所]に；[名詞]は[場所]にあります／います

❸ [場所]に[名詞]があります／います；[名詞]あります（所有）

細解說請見下頁 ➡

-107-

文法重點說明

① お皿が ありませんね。　　我找不到盤子耶。

☑ ［名詞］が あります／います　　有 ［名詞］

這是一個用來描述事物或人存在的句型。用在表示無生命的事物（如物品存在）。

・「あります」：用在表示無生命的事物（如物品）存在。

例 ノートが あります。　　有筆記本。
▶「ノート」（筆記本）是主語，表示存在的物品；「が」是助詞，強調存在的主語；「あります」是動詞，表示無生命物品的存在。句型用來陳述某處有某種無生命物品（有筆記本）。

・「います」：用在表示有生命的事物（如人或動物）存在。

例 鳥が います。　　有鳥。

② お皿は 下の 棚に あります。　　盤子在下面的櫃子裡。

☑ ［場所］に　　在 ［場所］

「［場所］に」的「に」用在標示事物或人所在的位置。

例 木の 下に 妹が います。　　妹妹在樹下。
例 山の 上に 小屋が あります。　　山上有棟小屋。

「［名詞］は ［場所］にあります／います」的用法：

・「（物）は（場所）に あります」：某物在某處。

例 トイレは あちらに あります。　　廁所在那邊。

・「（人）は（場所）に います」：某人在某處。

例 姉は 部屋に います。　　姊姊在房間。

③ お皿に ひびが ありますね。　　這個盤子有裂縫喲。

☑ ［場所］に ［名詞］が あります／います　　在 ［場所］有 ［名詞］

・「（場所）に（物）が あります」：某處有某物。

例 箱の 中に お菓子が あります。　　箱子裡有甜點。
▶「箱の中に」（在箱子裡）表示名詞的位置；「お菓子」（點心）是主語，表示存在的物品；「が」是助詞，強調存在的主語；「あります」是動詞，表示無生命物品的存在。句型用來說明某處（箱子裡）存在某種無生命物品（點心）。

・「（場所）に（人）がいます」：某處有某人。

例 北海道に 兄が います。　　北海道那邊有哥哥。

・「［名詞］あります」也可以用來表示擁有某物。

例 私は 車が あります。　　我有車子。
例 彼は 大きな 家が あります。　　他有一棟大房子。

入門全收錄

貓在哪裡？邊聽邊練習，肥貓教你上下左右、前面後面、裡面外面怎麼說？ Track 9.3

① 上／上面
② 下／下面

③ 前／前面
④ 後ろ／後面

⑤ 右／右邊
⑥ 左／左邊

⑦ 間／中間

⑧ 中／裡面 ⇔ 外／外面

說說看我在哪裡呢？

⑨ 隣／隔壁、旁邊

探索日本街頭商店，練習「前後、左右、中間、隔壁」位置表現，提升方位表達力！

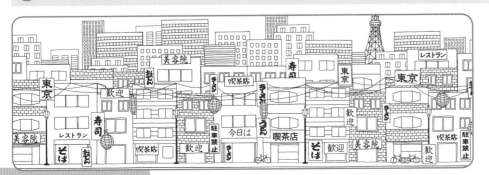

實戰演練

▶ 對話練習ア！參考對話1，跟同伴練習圖2和3。 Track 9.4

Ⓐ あのう、猫は どこに いますか。

Ⓑ 猫は ベンチの 上に います。

Ⓐ ベンチの 下ですね。

Ⓑ いいえ、ベンチの 上です。

Ⓐ あっ、どうも。

A：請問，貓在哪裡？
B：貓啊！在長椅上面。
A：在長椅下面啊！
B：不是的，在長椅上面。
A：啊，謝了！

其他參考對話詳見P151

我在長椅上啦！不過日語該怎麼説呢？

❶
猫／ベンチの 上（下）

貓／長椅上面（下面）

❷
女の 人／家の 外（中）

女人／房子裡面（外面）

❸
子ども／おじいちゃんと
おばあちゃんの 間（右）

小孩／祖父祖母中間（右邊）

● 探索如圖美景，練習「上下、前後、左右、中間」的日語方位表現，提升空間感表達力！

打開日語之門

1 聽力與對話！**A** 聽聽音檔，下面的這些建築物位置在哪裡呢？把正確的號碼填上去。

Track 9.5

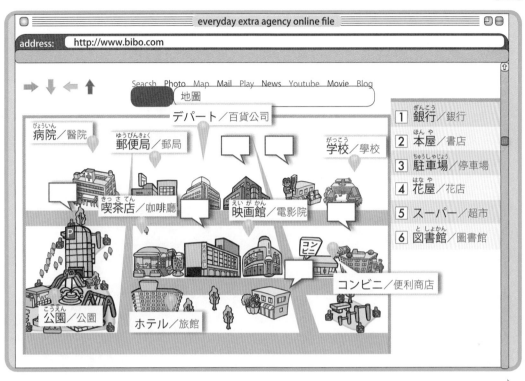

答案詳見P152

2 **B** 參考關鍵字 1 的對話，跟同伴練習 2 到 4 的地理位置。 Track 9.6

● 在日本迷路了怎麼辦？把紅色字換掉，練習説説看！

Ⓐ すみません。この 近_{ちか}くに
コンビニは ありませんか。

Ⓑ あそこに ありますよ。

Ⓐ えっ、どこですか。

Ⓑ 銀行_{ぎんこう}の 隣_{となり}です。

Ⓐ ありがとう ございます。

A：請問，這附近有
　　便利商店嗎？

B：那裡有喔！

A：啊，在哪裡呢？

B：在銀行隔壁。

A：謝謝您。

其他參考對話詳見P152

❶ コンビニ／便利商店

❸ 喫茶店_{きっさてん}／咖啡廳

❷ デパート／百貨公司

❸ ホテル／旅館

日語初接觸

1 填填看！東西在哪裡呢？需要它的時候偏偏找不到…讓我們來學學理香，只 ^{Track} 9.6 要東西有固定的地方放置，就不怕找不到囉！

● 理香的小東西都放在架子的第幾層呢？請參考例子，填填看。

例 A：鏡は どこに ありますか。
鏡子在哪裡？

B：下から 2段目です。
從下面數第二層。

A：化粧水は どこに ありますか。

B：＿＿＿＿＿＿＿＿＿＿＿＿＿＿

A：香水は どこに ありますか。

B：＿＿＿＿＿＿＿＿＿＿＿＿＿＿

化粧水／化妝水

鏡／鏡子

香水／香水

參考答案詳見P152

2 對話練習イ！在朋友家廚房，今天大家準備做幾道拿手菜，可是東西在哪裡呢？ ^{Track} 9.7 聽聽下面的對話，然後跟同伴練習。

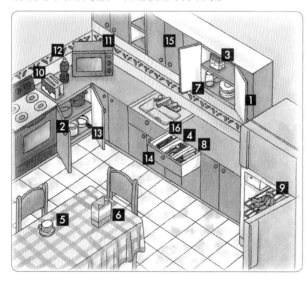

❶ 皿／盤子

❷ 鍋／鍋子

❸ 米／米飯

❹ フォーク／叉子

❺ カップ／杯子

❻ 塩／鹽巴

❼ グラス／玻璃杯

❽ ナイフ／刀子

❶ バナナ／香蕉

❾ トースター／烤麵包機

❿ 電子レンジ／微波爐

⓫ しょう油／醬油

⓬ フライパン／平底鍋

⓭ 引き出し／抽屜

⓮ 棚／架子

⓯ 箸／筷子

Ⓐ あれ、お皿（さら）が ありませんよ。
Ⓑ ええと、下（した）の 棚（たな）に あります。
Ⓐ え、下（した）の 棚（たな）、下（した）の 棚（たな）、下（した）の 棚（たな）には ありませんよ。
Ⓑ あっ、ごめん、上（うえ）の 棚（たな）です。
Ⓐ あ、ありました。

A：唉呀！沒有盤子。
B：嗯，在下面的架子。
A：咦！下面的架子、下面的架子、下面的架子，沒有啊！
B：啊！不好意思，在上面的架子。
A：啊！找到了！

其它參考對話詳見P152

● 好好表現一下。參考以上的對話，跟同伴練習下面這些東西都在哪裡呢？

❶ しょう油（ゆ）／醬油　　❷ 塩（しお）／鹽巴　　❸ ナイフ／刀子

コップ、カップ、グラス，傻傻分不清楚？

小杯子，大學問！

知識補給站

「コップ」用法最廣泛，主要是玻璃作的，喝東西的杯子也好、放牙刷的杯子也好，通常都會使用這個字喔！「グラス」是玻璃杯，一般來說沒有把手；而「カップ」則泛指咖啡杯或紅茶杯，其特徵是有把手、杯口較寬。

至於日常生活也很實用的馬克杯，日語就叫「マグカップ」囉！

1 請閱讀以下短文，試著回答下列問題。

昨日、夫が へそくりを 隠しました。居間の 絵の 後ろです。私は ドアの 後ろ
に いました。でも、夫は 知ませんでした。後で 夫の へそくりを 見ました。7万円
も ありました。全部 取りました。私にも へそくりが あります。場所は 秘密です。

2 挑戰時間到！讀完上文，回答下列問題，展現你的閱讀實力吧！

① 昨日、誰が へそくりを 隠しましたか。

❶「私」 ❷夫

❸「私」と 夫 ❹「私」では ありません。夫でも ありません。

② 今、どこに 誰の へそくりが ありますか。

❶居間に 夫の へそくりが あります。

❷ドアの 後ろに 「私」の へそくりが あります。

❸秘密の 場所に 「私」の へそくりが あります。

❹居間に 夫の へそくりが あります。秘密の 場所に 「私」の へそくりが あります。

3 翻譯大考驗！閱讀文章回答問題後，試著完成翻譯，看看你的雙語實力有多厲害！

昨天，我先生悄悄把私房錢藏到了客廳那幅畫的後面。他完全沒發現，我其實正躲
在門的後面偷看。後來，我找到了他的私房錢，竟然有整整七萬日圓！我毫不猶豫地
全都拿走了。不過，其實我也有私房錢，至於藏在哪裡，那可是一個天大的秘密哦！

① 昨天，誰把私房錢藏了起來？

❶「我」 ❷先生 ❸「我」跟先生 ❹不是「我」，也不是先生

② 現在，哪裡有誰的私房錢呢？

❶ 客廳有先生的私房錢。

❷ 門的後面有我的私房錢。

❸ 秘密的地點有「我」的私房錢。

❹ 客廳有先生的私房錢，秘密的地點有「我」的私房錢。

解答：❶ 2、❷ 1 ❸ 3

單字總整理！

▶ 剛上完一課，快來進行單字總復習！

身邊物	かばん **鞄** 皮包，提包	ぼうし **帽子** 帽子

ネクタイ【necktie】 領帶	**ハンカチ** 【handkerchief】 手帕	めがね **眼鏡** 眼鏡

さいふ **財布** 錢包	たばこ **煙草** 香煙	はいざら **灰皿** 煙灰缸

マッチ【match】 火柴；火柴盒	**スリッパ**【slipper】 拖鞋	くつ **靴** 鞋子

くつした **靴下** 襪子	はこ **箱** 盒子，箱子	調味料

バター【butter】 奶油	しょうゆ **醤油** 醬油	しお **塩** 鹽，食鹽；鹹度

さとう **砂糖** 砂糖	餐具	**スプーン**【spoon】 湯匙

フォーク【fork】 叉子，餐叉	**ナイフ**【knife】 刀子，餐刀	はし **箸** 筷子，箸

さら **お皿** 盤子	ちゃわん **茶碗** 茶杯，飯碗	**グラス**【glass】  玻璃杯

コップ【(荷) kop】 玻璃杯，茶杯	**カップ**【cup】 有把茶杯	方向位置

ひがし **東** 東，東方，東邊	にし **西** 西，西邊，西方	みなみ **南** 南，南方，南邊

- 北（きた）
  北，北方，北邊

- 上（うえ）
  〈位置〉上面，上部

- 下（した）
  〈位置的〉下，下面，底下；年紀小

- 左（ひだり）
  左，左邊

- 右（みぎ）
  右，右側，右邊，右方

- 外（そと）
  外面，外邊；戶外

- 中（なか）
  裡面，內部

- 前（まえ）
  〈空間的〉前，前面

- 後ろ（うし）
  後面；背面，背地裡

- 向こう（む）
  對面，正對面；另一側；那邊

休閒

- 店（みせ）
  商店，攤子

- 八百屋（やおや）
  蔬果店，菜舖

- 映画館（えいがかん）
  電影院

- 喫茶店（きっさてん）
  咖啡店

- レストラン【（法）restaurant】
  西餐廳

- 公園（こうえん）
  公園

- ホテル【hotel】
  〈西式〉飯店，旅館

場所

- 病院（びょういん）
  醫院

- 大使館（たいしかん）
  大使館

- 建物（たてもの）
  建築物，房屋

- デパート【department store】
  百貨公司

- 銀行（ぎんこう）
  銀行

- 郵便局（ゆうびんきょく）
  郵局

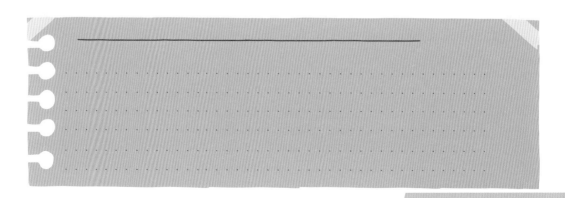

加碼學習

▶ 圖解場所指示詞

● 基本文的「什麼的」語順是「主語＋述語」。它是沒有補語的，而主語的助詞也只有「は」而已。也就是「～は～です」這樣的名詞句。

▼ 主語是名詞

單字語順

主語	述語
話題	關連內容

1 太郎は。
　　太郎。（主語的助詞只有「は」）

2 太郎は　　　　　学生です。
　　太郎是學生。

▼ 主語是場所指示詞

單字語順

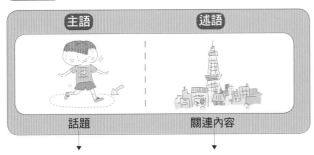

主語	述語
話題	關連內容

1 ここは。
　　這裡。（主語的助詞只有「は」）

2 ここは　　　　　東京です。
　　這裡是東京。

1 文字、語彙問題

もんだい1 ＿＿＿の ことばは ひらがな、カタカナや かんじで どう かきますか。1・2・3・4から いちばん いいものを ひとつ えらんで ください。

❶ ゆうびんきょくの まえの <u>建物</u>は ぎんこうです。
　❶たちもつ　　❷たったもの　　❸たてもつ　　❹たてもの

❷ コピーの あとで <u>銀行</u>に いきます。
　❶ぎんこ　　❷きんこう　　❸ぎんこう　　❹ぎんごう

❸ せんしゅう <u>東</u>の まちには たくさんの かんこうきゃくが きました。
　❶ひかち　　❷びがし　　❸ひかし　　❹ひがし

❹ わたしの かれは いちばん <u>左</u>に います。
　❶ぴったり　　❷ぴたり　　❸びたり　　❹ひだり

❺ <u>くつした</u>は ひきだしの なかに あります。
　❶靴下　　❷鞍下　　❸鞄下　　❹鞅下

❻ はなの えの <u>はんかち</u>が いいです。
　❶ハソカテ　　❷ハシカチ　　❸ハンカチ　　❹ハソカチ

❼ すみません。 <u>ばたー</u>は いりません。
　❶ベクー　　❷ベター　　❸バター　　❹バクー

もんだい2 ＿＿＿＿の ぶんと だいたい おなじ いみの ぶんが あります。1・2・3・4から いちばん いいものを ひとつ えらんで ください。

❶ <u>あそこは やおやです。</u>
　❶あの みせには ほんや ざっしが あります。
　❷あの みせには やさいや くだものが あります。
　❸あの みせには ようふくや くつが あります。
　❹あの みせには コーヒーや こうちゃが あります。

❷ <u>やまもとさんは　げんかんに　います。</u>

　❶やまもとさんは　となりの　へやに　います。

　❷やまもとさんは　まどの　したに　います。

　❸やまもとさんは　がっこうの　ろうかに　います。

　❹やまもとさんは　いえの　いりぐちに　います。

2　文法問題

> **もんだい1**　（　　　）に　なにを　いれますか。1・2・3・4から
> いちばん　いいものを　ひとつ　えらんで　ください。

❶ わたしの　クラスには　りゅうがくせい（　　）　二人　います。

　❶で　　　　　　　❷を　　　　　　　❸に　　　　　　　❹が

❷ 本だなに　中国語の　本と　日本語の　本（　　　）　あります

　❶を　　　　　　　❷が　　　　　　　❸で　　　　　　　❹に

❸ もしもし、田中さん。いま　どこ（　　　）　いますか。

　❶を　　　　　　　❷が　　　　　　　❸で　　　　　　　❹に

❹ はなやの　まえに　こうえんが　（　　　）。

　❶きます　　　　　❷します　　　　　❸います　　　　　❹あります

❺ A「かびんは　どこ（　　　）　ありますか。」

　B「はこ（　　　）　なかです。」

　❶の／に　　　　　❷が／の　　　　　❸に／の　　　　　❹は／の

❻ A「きょうしつの　まえに　だれ（　　　）　いますか。」

　B「はなこ（　　　）います。」

　❶が／か　　　　　❷か／が　　　　　❸か／か　　　　　❹は／は

> **もんだい2**　_____★_____に　いれる　ものは　どれですか。1・2・3・
> 4から　いちばん　いいものを　ひとつ　えらんで　ください。

❶ A「中山先生_____　_____　__★__　_____か。」

　B「すみません、分かりません。」

　❶います　　　　　❷どちら　　　　　❸に　　　　　　　❹は

❷ 西山「あしたは　いえに　いますか。」

　中山「ひるは　_____　_____、__★__　_____　います。」

　❶よる　　　　　　❷は　　　　　　　❸が　　　　　　　❹いません

分享你看到的事物的樣子吧！

それはどんなバッグですか。

看圖記單字

▶ 聽聽看！再大聲唸出來！ Track 10.1

顏色

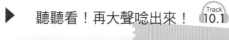

❶ あか 赤い / 紅色

❷ あお 青い / 藍色

❸ しろ 白い / 白色

❹ くろ 黒い / 黑色

❺ オレンジ / 橘色

❻ き いろ 黄色い / 黃色

❼ むらさき 紫 / 紫色

❽ みどり 緑 / 綠色

❾ ピンク / 粉紅色

❿ ちゃいろ 茶色 / 茶色

形狀

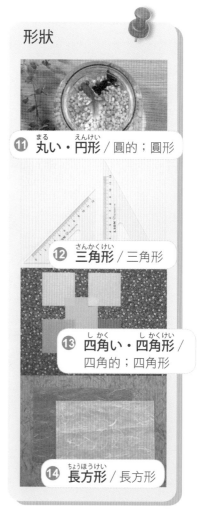

⓫ まる えんけい 丸い・円形 / 圓的；圓形

⓬ さんかくけい 三角形 / 三角形

⓭ しかく しかくけい 四角い・四角形 / 四角的；四角形

⓮ ちょうほうけい 長方形 / 長方形

▶ 迷糊的小凜昨天不小心把東西落在了公車上，發現後立刻緊張地打電話詢問。遇到這樣的情況該怎麼辦呢？她是如何用日語表達自己的困擾的呢？快來參考下方的對話，和同伴一起模擬練習吧！或許，下次你也能從容應對類似的突發狀況喔！

Track 10.2

站務員 はい、東京都交通局です。

小凜 もしもし、昨日 バスで 新宿に 行きました❶が、バッグを 忘れました。

站務員 忘れ物ですか。それは どんな バッグですか❷。

小凜 ピンクの バッグです。とても 新しいです❸。

站務員 大きいですか。

小凜 いいえ、大きく ありません❹。でも、あまり 小さくも ありません❺。

站務員 中に 何が❻ ありますか。

小凜 黒い 財布❼ です。

站務員 黒い 財布ですね。ほかには。

小凜 あっ、鍵も❽ ありました。

站務員 それだけ❾ですか。

小凜 はい。ほかの ものは 何も ありません❿。

站務員：東京都交通局，您好。
　小凜：喂？我昨天搭巴士去了新宿，把包包忘在車上了。
站務員：您遺失物品了哦。請問是什麼樣的包包呢？
　小凜：粉紅色的包包，還是新的。
站務員：請問是大包包嗎？
　小凜：不是，不太大，但是也不太小。
站務員：裡面有什麼東西呢？
　小凜：黑色的錢包。
站務員：有黑色的錢包哦。其他還有什麼呢？
　小凜：啊，還有鑰匙！
站務員：只有這些嗎？
　小凜：對。沒有其他的東西了。

文法重點提要

❶ [道具]で[動詞]
❷ [名詞]はどんな[名詞]ですか
❸ とても；
　[形容詞]です
❹ [い形容詞]くありません
　（くないです））／
　[な形容詞]ではありません
　（じゃありません
❺ あまり〜ません
❻ [疑問詞]が
❼ [形容詞][名詞]（連体修飾）
❽ [名詞]も（並列／重複）
❾ [名詞]だけ
❿ なにも／どこも[動詞否定]

細解說請見下頁 ▶

根據調查，最容易掉在車上的，有下面這些東西。

 財布（さいふ）錢包

 鍵（かぎ）鑰匙

 腕時計（うでどけい）手錶

 新聞（しんぶん）報紙

 かさ 傘

 コート 大衣

 めがね 眼鏡

 手袋（てぶくろ）手套

 かばん 包包

アタッシュケース 公事包

文法重點說明

① 昨日 バスで 新宿に 行きましたが… 我昨天搭巴士去了新宿…

☑ ［道具］で ［動詞］ 用［道具］做［動詞］

表示使用某種工具或手段來完成動作，常用在描述交通工具或方法。可譯作「乘坐…」或「用…」。

例 トニーさんは 箸で ご飯を 食べます。 東尼先生用筷子吃飯。

例 弟は 英語で 手紙を 書きます。 弟弟用英語寫信。

② それは どんな バッグですか。 請問是什麼樣的皮包呢？

☑ ［名詞］はどんな ［名詞］ですか ［名詞］是什麼樣的［名詞］呢？

「どんな」用在詢問事物的種類、性質或內容，後接名詞。

例 国語の 先生は どんな 先生ですか。 國文老師是怎麼樣的老師？

▶「国語の先生」（國文老師）是主題，表示被詢問的對象；「どんな」（什麼樣的）是補語，用於詢問主題的特徵或性質。句型用來禮貌地詢問某人（國文老師）的特徵或情況（例如教學風格或性格）。

例 それは どんな 映画ですか。 那是什麼樣的電影？

*「どれ」用在從多個選項中選擇；「どちら」更有禮貌的說法。

③ とても 新しいです。 還是新的。

☑ とても 非常

「とても」是表示程度的副詞，用來強調形容詞或動詞的程度。

例 この ケーキは とても おいしいです。 這蛋糕很好吃。

・い形容詞：用在描述事物的性質或狀態，詞尾是「い」。例句如「赤い」（紅色的）、楽しい（快樂的）。

例 ここは 緑が 多いです 這裡綠意盎然。

・な形容詞：可描述事物的特性，詞尾為「だ」。連接名詞時需將「だ」變為「な」。

例 花子の 部屋は きれいです。 花子的房間很漂亮。

④ いいえ、大きく ありません。 不是，不太大。

☑ ［い形容詞］くありません（くないです） 不［い形容詞］

將「い」形容詞的詞尾變為「く」，再加上「ない」或「ありません」，表達否定。加上「です」則為敬體，語氣更禮貌。い形容詞變化如下：

	詞幹	詞尾	現在肯定	現在否定
青い	青	い	青い	青くない
青い	青	い	青いです	青くないです
				青くありません

例 この テストは 難しく ないです。　　這場考試不難。

「［な形容詞］ではありません（ではないです）」，な形容詞否定式是把詞尾「だ」變為「で」，中間再加上「は」，最後加上「ない」或「ありません」，表達否定。敬體形式可使用「ではありません」，口語則常說成「じゃありません」。な形容詞變化如下：

	詞幹	詞尾	現在肯定	現在否定
静かだ	静か	だ	静かだ	静かではない
静かです	静か	です	静かです	静かではないです
				静かではありません

例 この ホテルは 有名では ありません。　　這間飯店沒有名氣。

⑤ でも、あまり 小さくも ありません。　　但是也不太小。

☑ あまり～ません　　不太～

「あまり」用在否定句中，表示程度或數量不特別高、不太多。在口語中，常用「あんまり」加強語氣。

例 この お酒は あまり 高く ありません。　　這酒不怎麼貴。
▶「このお酒」（這瓶酒）是主題，表示被描述之對象；「あまり」（不太）是副詞，用於加強否定語氣；「高くありません」（不貴）是形容詞的否定形式，表示價格不高。句型在此表示這瓶酒的價格不太高。

例 この 人は あまり 好きでは ありません。　　這人我不大喜歡。

「そんなに」表示程度一般；「全然」用在否定句中，表示完全不。

⑥ 中に 何が ありますか。　　裡面有什麼東西呢？

☑ ［疑問詞］が　　是、的［疑問詞］

「［疑問詞］が」，「が」可用在標示疑問詞的主語，表示提問句中的關鍵部分。

例 どっちが 速いですか。　　哪一邊比較快呢？

例 誰が 来ましたか。　　誰來了？

「何が」問不確定的事物；「誰が」問人物。

⑦ 黒い 財布です。　　黑色的錢包。

☑ ［形容詞］［名詞］　　［形容詞］的［名詞］

「［形容詞］［名詞］」的用法：

・い形容詞：直接放在名詞前面修飾名詞。

例 小さい 家を 買いました。　　買了棟小房子。

・な形容詞：要將詞尾「だ」改成「な」，再接名詞進行修飾。

例 元気な 子が 遊んでいます。　　活潑的小孩在玩。

い形容詞：自帶「…的」的意思，不需要加「の」；な形容詞：修飾名詞時必須加「な」，構成完整修飾語。

例 小さい 家を 買いました。　　買了棟小房子。

例 きれいな コートですね。　　好漂亮的大衣呢。

⑧ 鍵も ありました。　　還有鑰匙！

☑ ［名詞］も　　［名詞］也、都

「［名詞］も」表示同性質的東西並列或列舉。

例 雑誌も 本も あります。　　有雜誌也有書。

例 猫も 犬も います。　　有貓也有狗。

⑨ それだけですか。　　只有這些嗎？

☑ ［名詞］だけ　　只是［名詞］

表示只限於某範圍，強調除此以外沒有別的了。

例 お弁当は 1つだけ 買います。　　只買一個便當。

例 学生は 一人だけ います。　　只有一個學生。

「ばかり」表示幾乎全是某物；「しか」搭配否定句，表示「只有…」。

⑩ ほかの ものは 何も ありません。　　沒有其他的東西了。

☑ なにも／どこも［動詞否定］　　什麼都不［動詞］／哪裡都不［動詞］

「も」上接「なに、だれ、どこへ」等疑問詞，下接否定語，表示全面的否定。

例 今日は 何も 食べませんでした。　　今天什麼也沒吃。

例 昨日は 誰も 来ませんでした。　　昨天沒有任何人來。

入門全收錄

1 對話練習ア！如果您想來一場夏日風情的微旅行，享受陽光與海洋的沐浴， 🎧Track **11.4**
相信沖繩會是個不錯的選擇喔！

1

Ⓐ 沖縄は どんな ところですか。

Ⓑ とても きれいな ところです。

Ⓐ そうですか。にぎやかな ところ
　 ですか。

Ⓑ いいえ、あまり にぎやかでは
　 ありません。静かです。

> A：沖繩是什麼樣的地方？
> B：是個非常美麗的地方。
> A：這樣啊！是熱鬧的地方
> 　　嗎？
> B：不，不太熱鬧，很安靜。

其它參考對話詳見P153 ▶

2 參考圖 1 對話，跟同伴形容一下 2 跟 3 的地方。

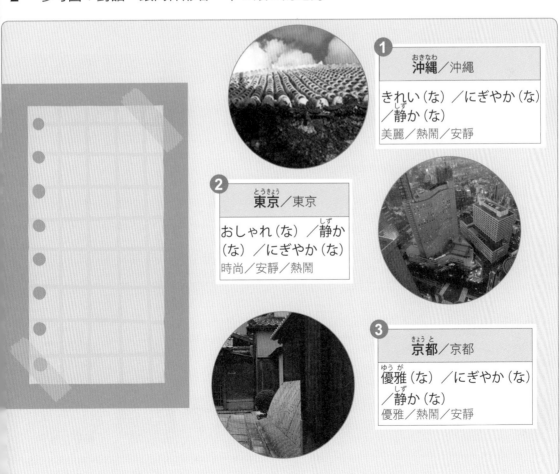

1 沖縄／沖繩

きれい（な）／にぎやか（な）
／静か（な）
美麗／熱鬧／安靜

2 東京／東京

おしゃれ（な）／静か
（な）／にぎやか（な）
時尚／安靜／熱鬧

3 京都／京都

優雅（な）／にぎやか（な）
／静か（な）
優雅／熱鬧／安靜

實戰演練

1 聽力練習！形容哪一張圖呢？請按音檔中 1 到 4 的順序，從ア、イ、ウ、工選項中選出 答案，填寫於底線空白處。

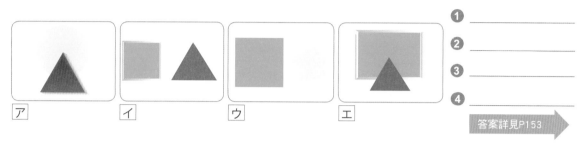

① _____
② _____
③ _____
④ _____

ア　　　イ　　　ウ　　　工

答案詳見P153

2 對話練習イ！參考圖 1 對話，跟同伴形容一下 2 到 4 的這些東西，還有它們的用途。

> Ⓐ それは　短いものですか。
>
> Ⓑ いいえ、短く　ありません。長いです。
>
> Ⓐ 色は　赤いですか。
>
> Ⓑ はい、そうです。それで　字を　書きます。

A：那是短的東西嗎？

B：不，不短。是長的。

A：顏色是紅色嗎？

B：是的。用那個來寫字。

其它參考對話詳見P153

好好表現一下囉！請拿出自己的東西，參考上面的說法，跟同伴練習。 最下面用日語形容 生活中的大小物件，從服飾到日用品，輕鬆描述它們的特徵！

 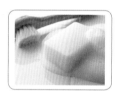  

❶ 鉛筆／鉛筆　　❷ 石けん／肥皂　　❸ テレビ／電視　　❹ ボール／球

讀解練習

1 請閱讀以下短文，試著回答下列問題。

　　なぞなぞ：それは、物と　光で　できます。何の　下にも　あります。色は　はっきり　しません。暗いです。形は　いろいろです。正午ごろは　あまり　大きく　ありませんが、朝　早い　時間や　夕方は　とても　大きいです。何ですか。答え：影

2 挑戦時間到！讀完上文，回答下列問題，展現你的閱讀實力吧！

❶ それは　どんな　ものですか。

　❶ 暗い　ものです。

　❷ 色は　いろいろです。形は　はっきり　しません。

　❸ 色も　形も　いろいろです。

　❹ 何の　上にも　あります。

❷ それは　いつ　大きいですか。

　❶ 正午ごろ

　❷ 朝　早い　時間だけ

　❸ 夕方だけ

　❹ 朝　早い　時間と　夕方

3 翻譯大考驗！閱讀文章回答問題後，試著完成翻譯，看看你的雙語實力有多厲害！

　　謎題：那是一種由物體與光線共同形成的現象，任何東西的下面都能找到它。顏色模糊而昏暗，形狀千變萬化。正午時分，它很小，而清晨與傍晚時，它卻變得格外巨大。請問，這是什麼呢？答案是：影子。

❶ 那是什麼東西呢？
　❶ 暗色的東西。　　　　❷ 顏色有很多種。形狀不是很清晰。
　❸ 顏色跟形狀都很多種。　❹ 在任何東西上面都有。

❷ 那個東西什麼時候很大呢？
　❶ 日正當中的時候　❷ 只有清晨　❸ 只有傍晚　❹ 清晨及傍晚

答案：❶ 2、❷ 4

單字總整理！

▶ 剛上完一課，快來進行單字總復習！

顏色	● 青い 藍色的；綠的	● 赤い 紅色的	● 黄色い 黃色，黃色的
● 黒い 黑色的	● 白い 白色的；空白	● 茶色 茶色	● 緑 綠色
● 色 顏色，彩色	其他形容詞	● 暖かい／温かい 溫暖的，溫和的	● 危ない 危險，不安全
● 痛い 疼痛	● 可愛い 可愛，討人喜愛	● 楽しい 快樂，愉快	● 無い 沒，沒有
● 早い 〈時間等〉迅速	● 丸い／円い 圓形，球形	● 安い 便宜	● 若い 年輕，年紀小
物品、用具	● お金 錢，貨幣	● ボールペン 【ball-point pen】 原子筆，鋼珠筆	● 万年筆 鋼筆
● コピー【copy】 拷貝，複製	● 字引 字典，辭典	● ペン【pen】 原子筆，鋼筆	● 新聞 報紙
● 本 書，書籍	● ノート 【notebook】 筆記本；備忘錄	● 鉛筆 鉛筆	● 辞書 字典，辭典
● 雑誌 雜誌，期刊	● 紙 紙	相對意思	● 熱い 〈溫度〉熱的，燙的
● 冷たい 冷，涼	● 新しい 新的；新鮮的	● 古い 以往；老舊	● 厚い 厚；〈感情，友情〉 深厚
● 薄い 薄；淡，淺	● 甘い 甜的	● 辛い／鹹い 辣，辛辣	● 良い／良い 好，佳；可以
● 悪い 不好，壞的	● 忙しい 忙，忙碌	● 暇 時間，功夫	● 嫌い 嫌惡，厭惡
● 好き 喜好，愛好；愛	● 美味しい 美味的，可口的， 好吃的	● 不味い 不好吃	● 多い 多，多的

單字總整理！

- 少ない（すくない）
  少，不多

- 大きい（おおきい）
  大，巨大

- 小さい（ちいさい）
  小的；幼小的

- 重い（おもい）
  重，沉重

- 軽い（かるい）
  輕的，輕巧的

- 面白い（おもしろい）
  好玩，有趣

- つまらない
  無趣，沒意思

- 汚い（きたない）
  骯髒

- 綺麗（きれい）
  漂亮；整潔

- 静か（しずか）
  靜止；平靜

- 賑やか（にぎやか）
  熱鬧，繁華

- 上手（じょうず）
  〈某種技術等〉擅長，高明

- 下手（へた）
  〈技術等〉不高明，不擅長

- 狭い（せまい）
  狹窄，狹小

- 広い（ひろい）
  〈面積，空間〉廣大，寬廣

- 高い（たかい）
  〈價錢〉貴；高的

- 低い（ひくい）
  低，矮

- 近い（ちかい）
  〈距離，時間〉近，接近

- 遠い（とおい）
  〈距離〉遠

- 強い（つよい）
  強悍，有力

- 弱い（よわい）
  弱的，不擅長

- 長い（ながい）
  〈時間、距離〉長

- 短い（みじかい）
  〈時間〉短少；〈長度等〉短

- 太い（ふとい）
  粗，肥胖

- 細い（ほそい）
  細小；狹窄

- 難しい（むずかしい）
  難，困難

- やさしい
  簡單，容易

- 明るい（あかるい）
  明亮，光明的

- 暗い（くらい）
  〈光線〉暗，黑暗

- 速い（はやい）
  〈速度等〉快速

- 遅い（おそい）
  〈速度上〉遲緩；〈時間上〉晚

- **其他形容動詞**

- 嫌（いや）
  討厭，不喜歡

- 色々（いろいろ）
  各種各樣

- 同じ（おなじ）
  相同的

- 結構（けっこう）
  很好，漂亮

- 元気（げんき）
  精神，朝氣

- 丈夫（じょうぶ）
  〈身體〉健康；堅固

- 大丈夫（だいじょうぶ）
  沒問題，沒關係

- 大好き（だいすき）
  非常喜歡，最喜好

- 大切（たいせつ）
  重要；心愛

- 大変（たいへん）
  重大，不得了

- 便利（べんり）
  方便，便利

- 本当（ほんとう）
  真正

- 有名（ゆうめい）
  有名，聞名

- 立派（りっぱ）
  了不起，優秀

1　文字、語彙問題

もんだい1　＿＿＿＿の　ことばは　ひらがな、カタカナや　かんじで　どう　かきますか。1・2・3・4から　いちばん　いいものを　ひとつ　えらんで　ください。

❶ おちゃは　茶色では　ありません。みどりいろです。

　❶ ちいろ　　　　❷ ちゃいろ　　　　❸ ちやいろ　　　　❹ ちっしょく

❷ あたらしい　万年筆で　にっきを　かきます。

　❶ まんえんひつ　❷ まんねんふで　　❸ まんねんびつ　　❹ まんねんひつ

❸ ドイツごの　じゅぎょうは　とても　難しいです。

　❶ むすかしい　　❷ むづがしい　　　❸ むじかしい　　　❹ むずかしい

❹ この　おちゃは　あついです。

　❶ 厚い　　　　　❷ 暑い　　　　　　❸ 熱い　　　　　　❹ 温い

❺ すみません、もくようびの　しんぶんが　ありますか。

　❶ 新聞　　　　　❷ 報紙　　　　　　❸ 新間　　　　　　❹ 新文

❻ あたらしい　のーとに　じぶんの　なまえを　かきました。

　❶ スート　　　　❷ ヌート　　　　　❸ ンート　　　　　❹ ノート

もんだい2　＿＿＿＿＿の　ぶんと　だいたい　おなじ　いみの　ぶんが　あります。1・2・3・4から　いちばん　いいものを　ひとつ　えらんで　ください。

❶ あしたの　あさは　いそがしいですが、ひるからは　ひまです。

　❶ あしたは　ごぜんも　ごごも　じかんが　あります。

　❷ あしたは　ごぜんも　ごごも　じかんが　ありません。

　❸ あしたの　ごぜんは　じかんが　ありますが、ごごは　じかんが　ありません。

　❹ あしたの　ごぜんは　じかんが　ありませんが、ごごは　じかんが　あります。

❷ この　かわの　みずは　きたないです。

　❶ この　かわの　みずは　きれいでは　ありません。

　❷ この　かわの　みずは　つめたいです。

　❸ この　かわの　みずは　おいしく　ありません。

　❹ この　かわの　みずは　あたたかいです。

2 文法問題

> もんだい1 （　　　）に　なにを　いれますか。1・2・3・4から　いち
> ばん　いいものを　ひとつ　えらんで　ください。

❶ もっと　（　　　　）　こえで　はなします。

  ❶おおきいです　　　❷おおきく　　　❸おおきい　　　❹おおきいの

❷ ジョンさん（　　　）　アンナさん（　　　）　アメリカ人です。

  ❶と／と　　　　　❷も／も　　　　　❸か／か　　　　　❹は／は

❸ 田中は　べんきょうして　（　　　　）　いしゃに　なりました。

  ❶まっすぐな　　　❷きれいな　　　❸りっぱな　　　❹だいじょうぶな

❹ A「きのう　デパートで　何を　買いましたか。」

  B「きのうは　（　　　）　買いませんでした。」

  ❶何か　　　　　❷何を　　　　　❸何も　　　　　❹何が

❺ れいぞうこに　ケーキが　1つ（　　　）　あります。

  ❶だけ　　　　　❷しか　　　　　❸など　　　　　❹から

❻ A「きのうの　えいがは　どうでしたか。」

  B「あまり　（　　　）。」

  ❶おもしろいです　　　　　　　❷おもしろかったです

  ❸おもしろくないです　　　　　❹おもしろく　なかったです

❼ A「あたらしい　いえは　どうですか。」

  B「あたらしい　いえは　えきの　ちかくです。とても（　　　）です。」

  ❶べんり　　　　　❷ひま　　　　　❸じょうず　　　　　❹いろいろ

> もんだい2 ＿＿＿★＿＿に　いれる　ものは　どれですか。1・2・3・
> 4から　いちばん　いいものを　ひとつ　えらんで　ください。

❶ A「ここ　＿＿＿　＿＿＿　＿★＿　＿＿＿　で　かきます。」

  B「わかりました。」

  ❶名前　　　　　❷に　　　　　❸えんぴつ　　　　　❹を

❷ A「きの　うえ　＿＿＿　＿＿＿　＿★＿　＿＿＿　いますよ。」

  B「きれいな　こえですね。」

  ❶に　　　　　❷とり　　　　　❸が　　　　　❹ちいさい

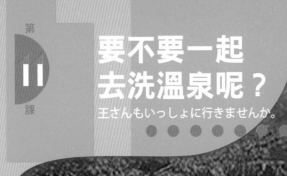

要不要一起去洗溫泉呢？

王さんもいっしょに行きませんか。

看圖記單字

▶ 聽聽看！再大聲唸出來！ Track 11.1

❶ <ruby>山<rt>やま</rt></ruby> 山	❼ <ruby>滝<rt>たき</rt></ruby> 瀑布	⓫ <ruby>神社<rt>じんじゃ</rt></ruby> 神社
❷ <ruby>海<rt>うみ</rt></ruby> 海	❽ <ruby>田<rt>た</rt></ruby>んぼ 稻田	⓬ <ruby>城<rt>しろ</rt></ruby> 城（堡）
❸ <ruby>川<rt>かわ</rt></ruby> 河川	❾ <ruby>野原<rt>の はら</rt></ruby> 原野	⓭ <ruby>庭<rt>にわ</rt></ruby> 庭院
❹ <ruby>湖<rt>みずうみ</rt></ruby> 湖	❿ お<ruby>寺<rt>てら</rt></ruby> 寺廟	⓮ <ruby>港<rt>みなと</rt></ruby> 港口

● **小專欄　用旅遊與畫面記憶法，掌握景點單字！**

學日語時，把單字和旅遊畫面結合，是記憶的最佳捷徑！

試想，您正站在山（山）的頂峰，眺望海（海）與蜿蜒的川（河流），旁邊還有波光粼粼的湖（湖泊）與壯觀的滝（瀑布）。接著，走下山，經過一片金黃的田んぼ（稻田），再來到一望無際的野原（原野）。

文化景點也很重要！想像進入古老的お寺（寺廟）與神聖的神社（神社），再造訪一座氣勢磅礴的城（城堡）。最後，來到日式的庭（庭園）喝茶，或在港（港口）欣賞船隻起航。

▶ 揪團一起玩樂,不僅充滿趣味,還能讓友情迅速升溫!身為日語學習者的
你,無論是作為主揪的一方,還是被邀請的一方,可千萬別錯過用日語發出
邀請的機會喔!

Track 11.2

● 那麼,該怎麼用日語邀請別人呢?快來看看下面的對話,掌握實用句型,然後和同伴一起多
多練習吧!或許,你的邀請方式會讓朋友們眼前一亮喔!

大和 早瀬さんと ツアーで 遊びに 行きます❶。王さんも いっしょに
行きませんか❷。

王玲 何の ツアーですか。

大和 スキーの ツアーです。仙台駅前から 出発します。

王玲 いいですね。いつですか。

大和 今週の 週末です。土曜日が いいですか、日曜日が いいですか❸。
時間は、10時ぐらい❹ です。

王玲 あっ、土曜日は ちょっと…。

大和 では、日曜日は どうですか。

王玲 日曜日は オーケーです。

大和 では、日曜日に 行きましょう。早瀬さんには 僕から❺ 言います。

大和:我要和早瀬小姐參加旅行團去玩。王小姐
要不要和我們一塊去?

王玲:什麼樣的旅行團呢?

大和:滑雪旅行團。在仙台車站前面集合出發。

王玲:聽起來真不錯。什麼時候呢?

大和:這個週末。星期六比較好?還是星期天比
較好呢?時間是十點左右。

王玲:啊,我星期六不太方便……。

大和:那麼,星期天可以嗎?

王玲:星期天我 OK。

大和:那麼,我們星期天一起去吧。早瀬小姐那
邊由我跟她說一聲。

文法重點提要

❶ [人・動物]と(いっしょに)
[動詞];[目的]に;[動詞
ます形]に行きます

❷ [動詞]ませんか

❸ [文章]か、[文章]か(選擇)

❹ [時間]ぐらい/くらい

❺ [起始點(人)]から

細解說請見下頁 ➤

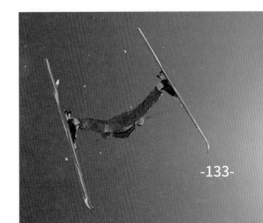

文法重點說明

① 早瀬さんと ツアーで 遊びに 行きます。　　我要和早瀬小姐參加旅行團去玩。

☑ ［人・動物］と（いっしょに ［動詞］　　和 ［人・動物］ 一起 ［動詞］

「と」用來表示一起進行某行為的對象。句子中可以省略「いっしょに」，但意思不變。

例 日曜日は 母と 出かけました。　　星期日跟媽媽一起出門了。
▶「と（いっしょに）」表示與某人一起行動，表明「母」（母親）是一起出門的對象；「出かけました」（出門了）是動詞，描述行為。句型用於表達母親與主語共同完成出門這一行動。

「［目的］に」表示動作的目的或目標，常用「［動詞ます形］に 行きます」的句型，表達「去…做…」。

例 お酒を 飲みに 行きます。　　去喝酒。

「へ行きます」 強調目的地；「に行きます」 強調目的。

② 王さんも いっしょに 行きませんか。　　王小姐要不要和我們一塊去？

☑ ［動詞］ ませんか　　要不要一起 ［動詞］ 呢？

用在禮貌地邀請或勸誘對方參與某行動，語氣溫和且尊重對方的選擇。

例 今晩、食事に 行きませんか。　　今晚要不要一起去吃飯？
▶「今晩」（今晚）是時間副詞，表示邀請的時間；「食事」（吃飯）是目的，說明行動的內容；「行きませんか」（去嗎）用於提議或邀請對方一起行動。句型用來禮貌地提議或邀請（今晚一起去吃飯），暗示希望對方參加。

「［動詞］ ましょう」 表示積極提議；「 ［動詞］ ませんか」 更禮貌，尊重對方。

③ 土曜日が いいですか、日曜日が いいですか。星期六比較好？還是星期天比較好呢？

☑ ［句子］ か、［句子］ か　　是 [句子] 還是 [句子] 呢？

表示在不確定的兩個選項中，選擇一個。

例 アリさんは インド人ですか、アメリカ人ですか。　　阿里先生是印度人？還是美國人？
▶「アリさん」（阿里先生）是主題，表示被詢問的對象；「インド人」（印度人）和「アメリカ人」（美國人）是補語，表示可能的選項；「か」是疑問助詞，連接兩個選項，表示二選一的提問。句型用於詢問某人（阿里先生）的身份，讓對方在（印度人和美國人）兩個選項中作出回答。

例 ラーメンは おいしいですか、まずいですか。　　拉麵好吃？還是難吃？

④ 時間は、10 時ぐらいです。　　時間是 10 點左右。

☑ ［時間］ ぐらい／くらい　　大約、左右 ［時間］

表示時間、數量、程度上的推測或估計。

例 昨日は ６時間ぐらい 寝ました。　　昨天睡了 6 小時左右。

「ちょうど」 表示精確的時間；「たぶん」 表示可能性。

⑤ 早瀬さんには 僕から 言います。　　早瀬小姐那邊由我跟她說一聲。

☑ ［起始點（人）］ から　　從 ［起始點（人）］

可用在表示某對象的起點，例如借東西、得知消息或接收物品。

例 山田さんから 時計を 借りました。　　我向山田先生借了手錶。

「に」 表示動作的目標；「へ」 表示方向。

▶ 對話練習ア！日本整年都有各式各樣的慶典，很值得去的喔！請參考圖１對話，然後跟同伴練習圖２到７。 Track 11.3

Ⓐ 京都で、祇園祭が　あります。

　いっしょに　行きませんか。

Ⓑ 祇園祭ですか。いいですね。

　いつですか。

Ⓐ ７月１日です。

Ⓑ それなら、大丈夫です。

A：在京都有祇園祭，要不要一起去看？

B：祇園祭啊！真不錯，什麼時候？

A：7月1日。

B：那沒問題。

其它參考對話詳見P153

❸ 札幌／雪祭り／２月１日

❷ 秋田／竿灯祭／８月３日

❼ 青森／ねぶた祭／８月１日

❶ 京都／祇園祭／７月１日

❻ 仙台／七夕祭り／８月６日

❹ 徳島／阿波踊り／８月１２日

❺ 東京／神田祭／５月１４日

▶ 您假日都去哪裡呢？下面有的話請在對話框內打勾。

☐ ショッピング／購物

☐ カラオケ／KTV，卡拉OK

休閒園區　站

☐ 旅行（りょこう）／旅行

☐ デート／約會

☐ 自転車（じてんしゃ）／腳踏車

☐ 散歩（さんぽ）／散步　　☐ 温泉（おんせん）／溫泉　　☐ プール／泳池

☐ 喫茶店（きっさてん）／咖啡店　　☐ 映画（えいが）／電影　　☐ パーティー／派對

▶ 對話練習イ！接受邀請的說法。請參考圖１對話，然後跟同伴練習圖２和３。
Track 11.4

Ⓐ いっしょに　温泉に　行きませんか。

Ⓑ ああ、温泉ですか、いいですね。

Ⓐ 土曜日は　どうですか。

Ⓑ 土曜日ね、オーケー。楽しみに　して
います。

A：要不要一起去洗溫泉？

B：啊！溫泉！好啊！

A：星期六如何？

B：星期六，OK。真叫人期待。

其它參考對話詳見P154

温泉／土曜日
❶ 溫泉／星期六

テニスを　します／日曜日
❷ 打網球／星期日

映画を　見ます／金曜日の　夜
❸ 看電影／星期五晚上

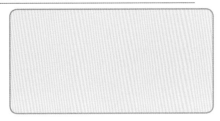

日語初接觸

1 對話練習ウ！拒絕邀請的說法。請參考圖1對話，然後跟同伴練習圖2的部份。
Track 11.5

A 花子さん、ちょっと、いっしょに 食事を しませんか。

B ああ、すみません、今日は ちょっと…。

A 水泳の 練習ですか。それとも ピアノの レッスンですか。

B いいえ、今日は 妹と 映画を 見に 行きます。

A：花子，要不要一起去吃個飯？
B：啊！很抱歉，今天有點不方便…。
A：要練習游泳？還是上鋼琴課？
B：不是啦！我今天要和妹妹去看電影啦！

其它參考對話詳見P154

①

食事を します（吃飯）

水泳の 練習／ピアノの レッスン
（游泳練習／鋼琴課）

妹と 映画を 見ます
（跟妹妹看電影）

②

カラオケで 歌います
（到KTV唱歌）

残業／買い物（加班／購物）

彼と ライブを 見ます
（跟男朋友看演唱會）

2 旅行計畫三部曲，簡單日文帶您從準備到回憶，輕鬆享受每次旅行！

① どこへ 行くか 考える。

② 切符を 買う。

③ 荷物を 準備する。

思考去哪裡　　　買票　　　準備行李

3 隱藏版日本秘境，輕鬆學日文，療癒身心又增進單字量，單字後面是所在縣喔！

❶ 青い池／北海道

❷ 河童橋／長野縣

❸ 猫島／宮城縣

❹ 足湯／群馬縣

4 造句練習！這些句子都亂了，請把它們按照順序排好。

❶ に　しません　か　いっしょ　を　食事

_____

❷ か　か　練習　ピアノ　です　の　の　水泳　レッスン　です　それとも

_____

❸ で　あります　青森　ねぶた祭　が

_____

參考答案詳見P154

讀解練習

1 請閱讀以下短文，試著回答下列問題。

　　今度、うちの　会社の　食堂へ　食事に　来ませんか。定食が　好きですか、それとも　ラーメンが　好きですか。両方あります。私は、いつも　同僚と　定食を　食べます。とても　おいしいですよ。値段も　安いです。でも、同僚から、ラーメンもおいしいと　聞きました。だから、明日は　ラーメンを　食べに　行きます。

2 挑戰時間到！讀完上文，回答下列問題，展現你的閱讀實力吧！

❶ この　人は　会社の　食堂で　何を　食べますか。

　❶ いつも　定食を　食べます。明日も　定食を　食べます。

　❷ いつも　定食を　食べますが、明日は　ラーメンを　食べます。

　❸ いつも　ラーメンを　食べます。明日も　ラーメンを　食べます。

　❹ いつもは　ラーメンを　食べますが、明日は　定食を　食べます。

❷ ただしい　ものは　どれですか。

　❶ 会社の　食堂の　定食は　安いです。そして、おいしいです。

　❷ 会社の　食堂の　定食は　安いです。でも、おいしくありません。

　❸ 会社の　食堂の　定食は　高いです。でも、おいしいです。

　❹ 会社の　食堂の　定食は　高いです。そして、おいしくありません。

3 翻譯大考驗！閱讀文章回答問題後，試著完成翻譯，看看你的雙語實力有多厲害！

　　下次要不要來我們公司的員工餐廳用餐呢？您喜歡定食，還是更偏好拉麵呢？這兩樣都有喔！我通常會和同事一起吃定食，味道非常棒，而且價格也很實惠。不過，聽同事說餐廳的拉麵也相當好吃，所以我明天決定試試拉麵，換個口味！

❶ 這個人在公司的員工餐廳都吃什麼呢？
　❶ 經常吃定食。明天也要吃定食。　　❷ 雖然經常吃定食，但明天要吃拉麵。
　❸ 經常吃拉麵。明天也要吃拉麵。　　❹ 雖然經常吃拉麵，但明天要吃定食。

❷ 下列何者是正確的呢？
　❶ 公司員工餐廳的定食很便宜。而且，很好吃。
　❷ 公司員工餐廳的定食很便宜。但是，不好吃。
　❸ 公司員工餐廳的定食很貴。但是，很好吃。
　❹ 公司員工餐廳的定食很貴。而且，不好吃。

答案：1 ❷、❶ 2

單字總整理！

▶ 剛上完一課，快來進行單字總復習！

大自然	● 空 そら 天空，空中
● 山 やま 山；一大堆	● 川／河 かわ　かわ 河川，河流
● 海 うみ 海，海洋	● 岩 いわ 岩石
● 木 き 樹木；木材	● 鳥 とり 鳥；雞
● 犬 いぬ 狗	● 猫 ねこ 貓
● 花 はな 花	● 魚 さかな 魚
● 動物 どうぶつ 動物	

1 文字、語彙問題

> **もんだい1** ＿＿＿の ことばは ひらがな、カタカナや かんじで どう かきますか。1・2・3・4から いちばん いいものを ひとつ えらんで ください。

❶ これから 魚を かいに いきます。

　❶ ざかな　　　**❷** さかな　　　**❸** さっかな　　　**❹** ざっかな

❷ なつやすみに こどもと 動物えんに いくのを たのしみに しています。

　❶ どうふつ　　**❷** どうぶち　　**❸** どうぶつ　　**❹** とうぶつ

❸ この 山には さくらの きが たくさん あります。

　❶ うみ　　　　**❷** まち　　　　**❸** やま　　　　**❹** かわ

❹ にしの そらが あかいです。

　❶ 宮　　　　　**❷** 空　　　　　**❸** 宝　　　　　**❹** 実

❺ わたしの いぬは あしが しろいです。

　❶ 魚　　　　　**❷** 鳥　　　　　**❸** 猫　　　　　**❹** 犬

❻ この いわは おもいです。

　❶ 岩　　　　　**❷** 石　　　　　**❸** 椅子　　　　**❹** 机

> **もんだい2** ＿＿＿＿の ぶんと だいたい おなじ いみの ぶんが あります。1・2・3・4から いちばん いいものを ひとつ えらんで ください。

❶ あそこに ペットが います。

　❶ あそこに いぬや ねこなどが います。

　❷ あそこに りんごや バナナなどが います。

　❸ あそこに コーヒーや こうちゃなどが います。

　❹ あそこに シャツや ズボンなどが います。

❷ せんげつ はなこさんは たろうさんと けっこんしました。

　❶ いま はなこさんは たろうさんの おかあさんです。

　❷ いま はなこさんは たろうさんの おねえさんです。

　❸ いま はなこさんは たろうさんの おくさんです。

　❹ いま はなこさんは たろうさんの おばさんです。

模擬考題

2　文法問題

> **もんだい1**　（　　　）に　なにを　いれますか。1・2・3・4から
> いちばん　いいものを　ひとつ　えらんで　ください。

① 西田「大原さんは　きのう　何を　しましたか。」
　 大原「きのうは　デパートへ　買いもの（　　　）　行きました。」
　 ❶に　　　　　　❷で　　　　　　❸が　　　　　　❹を

② A「なつやすみに　友だち（　　　）　いっしょに　うみへ　行きました。」
　 B「それは　よかったですね。」
　 ❶で　　　　　　❷は　　　　　　❸へ　　　　　　❹と

③ A「てんきが　いいです。こうえんへ　（　　　）ませんか。」
　 B「いいですね。」
　 ❶いき　　　　　❷いく　　　　　❸いった　　　　❹いって

④ きのう　東京の　あね（　　　）　てがみが　来ました。
　 ❶を　　　　　　❷と　　　　　　❸まで　　　　　❹から

⑤ あしたの　よる　じかんが　ある（　）　ない（　）　まだ　わかりません。
　 ❶と／と　　　　❷も／も　　　　❸か／か　　　　❹や／や

⑥ けさは、30分____バスに　乗りました。
　 ❶まで　　　　　❷でも　　　　　❸ごろ　　　　　❹ぐらい

> **もんだい2**　____★____に　いれる　ものは　どれですか。1・2・3・
> 4から　いちばん　いいものを　ひとつ　えらんで　ください。

① 田中「こんやは　何を　しますか。」
　 山田「かのじょ　____　____　__★__　____　をみに　いきます。」
　 ❶えいが　　　　　❷に　　　　❸と　　　　　❹いっしょ

② 山川「あした　パーティーが　ありますよ。____　____　__★__　____。」
　 石田「すみません。あしたは　ちょっと…。」
　 ❶石田さん　　　　❷か　　　　❸行きません　❹も

参考對話／翻譯／解答

第 1 課

● 看圖記單字

① カナダ／加拿大

② イギリス／英國

③ ドイツ／德國

● 自我介紹聽寫練習

① 私は 林志明です。台湾から 来ました。どうぞ よろしく お願いします。

／我是林志明。我來自台灣。請多指教。

② リンダ・ミラーです。イギリスから 来ました。よろしく お願いします。

／我是琳達米勒。我來自英國。請多指教。

③ 青木明です。日本から 来ました。よろしく お願いします。

／我是青木明。我來自日本。請多指教。

● 認識大家

答案 A-4、B-2、C-1、D-3

Ⓐ A：王玲さんは 中国人ですか。

／王玲小姐是中國人嗎？

B：はい。中国の 北京から 来ました。

／是的。我來自中國的北京。

A：私は 日本の 東京から 来ました。

／我來自日本的東京。

Ⓑ A：カナさんは アフリカ人ですか。

／加納先生是非洲人嗎？

B：はい。アフリカの ケニアから 来ました。

／是的。我來自非洲的肯亞。

A：私は アメリカの ニューヨークから 来ました。

／我來自美國的紐約。

Ⓒ A：スミスさんは アメリカ人ですか。

／史密斯先生是美國人嗎？

B：はい。アメリカの ニューヨークから 来ました。

／是的。我來自美國的紐約。

A：私は 中国の 北京から 来ました。

／我來自中國的北京。

Ⓓ A：山田さんは 日本人ですか。

／山田小姐是日本人嗎？

B：はい。日本の 東京から 来ました。

／是的。我來自日本的東京。

A：私は アフリカの ケニアから 来ました。

／我來自非洲的肯亞。

第 2 課

● 認識新朋友

① お名前は？ 佐藤ゆりです。

／您的大名是？ 我叫佐藤百合。

② お国は？ 日本です。

／您的國籍是？ 日本。

③ お仕事は？ 学生です。

／您從事什麼行業？ 我是學生。

④ お住まいは？ 横浜です。

／您住在哪裡？ 橫濱。

● 填填看

① 佐藤さんは 日本人ですか。

／佐藤小姐是日本人嗎？

はい、日本人です。

／是的，是日本人。

② 佐藤さんは 店員ですか。

／佐藤小姐是店員嗎？

いいえ、店員では ありません。学生です。

／不，不是店員，是學生。

③ 佐藤さんの お住まいは 東京ですか。

／佐藤小姐住東京嗎？

いいえ、東京では ありません。横浜です。

／不，不是住東京，是住橫濱。

第 3 課

● 聽力練習ア

これは 私の ねこです。

／這是我的貓。

この ソファーは 私のです。

／這個沙發是我的。

それは 私の かばんです。

／那是我的包包。

その 携帯は 私のです。

／那手機是我的。

それは 私の 本です。

／那是我的書。

その テレビは 私のです。

／那台電視是我的。

あれは 池です。

／那是人造池塘。

あれは 花と 鳥です。

／那是花跟鳥。

● 聽力練習イ
答案

❶ ぞう	❹ 犬	❼ うさぎ
❷ キリン	❺ とら	❽ さる
❸ にわとり	❻ ねこ	

❶ これは ぞうですね。
／這是大象吧？

はい、そうです。
／是的。沒錯。

❷ あれは 馬ですね。
／那是馬吧？

いいえ、馬では ありません、キリンです。
／不，不是馬，是長頸鹿。

❸ これは にわとりですね。
／這是雞吧？

はい、そうです。
／是的。沒錯。

❹ あれは 豚ですね。
／這是豬？

いいえ、豚では ありません、犬です。
／不，不是豬，是隻狗。

❺ これは ライオンですね。
／這是獅子吧？

いいえ、ライオンでは ありません、とらです。
／不，不是獅子，是隻老虎。

❻ あれは ねこですね。
／那是貓吧？

はい、そうです。
／是的。沒錯。

❼ あれは さるですね。
／那是猴子吧？

いいえ、さるでは ありません、うさぎです。
／不，不是猴子，是隻兔子。

❽ あれは さるですね。
／那是猴子吧？

はい、そうです。
／是的。沒錯。

● 動物分類
　❶ 陸上動物
　　・ねこ（貓）
　　・ライオン（獅子）
　　・きりん（長頸鹿）
　❷ 海洋動物
　　・さかな（魚）
　　・いるか（海豚）
　　・かめ（海龜）
　❸ 飛行動物
　　・とり（鳥）
　　・たか（老鷹）
　　・コウモリ（蝙蝠）

● 造句練習
　❶ それは 花子の ギターです。
　　／那是花子的吉他。
　❷ その テーブルは 太郎のです。
　　／那張桌子是太郎的。
　❸ あれは 花瓶と カーテンです。
　　／那是花瓶和窗簾。

第 4 課

● 對話練習ア
　● A：あの 人は だれですか。
　　　／那個人是誰？
　　B：渡辺さんです。
　　　／是渡邊先生。
　　A：渡辺さんは 医者ですか。
　　　／渡邊先生是醫生嗎？
　　B：はい、そうです。
　　　／是的，沒錯。
　● A：あの 人は だれですか。
　　　／那個人是誰？
　　B：橋本さんです。
　　　／是橋本小姐。
　　A：橋本さんは 学生ですか。
　　　／橋本小姐是學生嗎？
　　B：はい、そうです。
　　　／是的，沒錯。
　● A：あの 人は だれですか。
　　　／那個人是誰？
　　B：石川さんです。
　　　／是石川先生。
　　A：石川さんは 店員ですか。
　　　／石川先生是店員嗎？
　　B：はい、そうです。
　　　／是的，沒錯。

● A：あの 人は だれですか。
　／那個人是誰？

B：青木さんです。
　／是青木先生。

A：青木さんは 会社員です
　か。
　／青木先生是上班族嗎？

B：はい、そうです。
　／是的，沒錯。

● A：あの 人は だれですか。
　／那個人是誰？

B：中村さんです。
　／是中村先生。

A：中村さんは 記者ですか。
　／中村先生是記者嗎？

B：はい、そうです。
　／是的，沒錯。

● A：あの 人は だれですか。
　／那個人是誰？

B：小林さんです。
　／是小林先生。

A：小林さんは 警察官です
　か。
　／小林先生是警察嗎？

B：はい、そうです。
　／是的，沒錯。

● **對話練習イ**

❷ A：姉は 事務員です。
　／我姐姐是事務員。

B：お姉さんの 会社は どち
　らですか。
　／令姐在哪家公司服務？

A：大原組です。
　／大原組。

B：何の 会社ですか。
　／是什麼樣的公司呢？

A：建設の 会社です。
　／是建設公司。

❸ A：兄は セールスマンです。
　／我哥哥是推銷員。

B：お兄さんの 会社は どち
　らですか。
　／令兄在哪家公司服務？

A：朝日自動車製作所です。

／朝日汽車製造工廠。

B：何の 会社ですか。
　／是什麼樣的公司呢？

A：車の 会社です。
　／是汽車公司。

● A：妹は 会社員です。
　／我妹妹是公司職員。

B：妹さんの 会社は どちらです
　か。
　／令妹在哪家公司服務？

A：ふじ株式会社です。
　／富士股份有限公司。

B：何の 会社ですか。
　／是什麼樣的公司呢？

A：コンピューターの 会社です。
　／是電腦公司。

🔆 第5課

● **數字、價錢**

Ⓑ **答案**

せんえん／1,000日圓	さんぜんえん／3,000日圓

Ⓒ **答案**

❶ ピザ（2,000円）	❺ トマト（300円）
❷ カメラ（20,000円）	❻ 携帯電話（4,000円）
❸ げた（2,700円）	❼ コンピューター（90,000円）
❹ ビール（350円）	❽ すいか（500円）

● **圖片填空**

❶ ワイン（葡萄酒）	❽ 瓶（瓶子）
❷ グラス（酒杯）	❾ レモン（檸檬）
❸ まな板（まないた）	❿ 魚（魚）
❹ ナイフ（刀子）	⓫ エビ（蝦子）
❺ パン（麵包）	⓬ 塩（鹽）
❻ チーズ（起司）	⓭ ナイフ（刀）
❼ ブドウ（葡萄）	⓮ フォーク（叉）

● **聽力練習** ＊黃色區塊為答案

❶ A：それは、アメリカの 車です
　か。
　／那是美國的車嗎？

B：いいえ、違います。
　／不，不是的。

A：では、どこの 車ですか。

／那麼，是哪裡的車子呢？

B：ドイツ のです。
　／德國的。

❷ A：それは、日本の りんご
　ですか。
　／那是日本的蘋果嗎？

B：いいえ、違います。
　／不，不是的。

A：では、どこの りんご
　ですか。
　／那麼，是哪裡的蘋果呢？

B：アメリカ のです。
　／美國的。

❸ A：それは、東京の 牛肉
　ですか。
　／那是東京的牛肉嗎？

B：いいえ、違います。
　／不，不是的。

A：では、どこの 牛肉で
　すか。
　／那麼，是哪裡的牛肉呢？

B：神戸のです。
　／神戸的。

❹ A：それは、ドイツ の ワインですか。
　／那是德國的葡萄酒嗎？

B：いいえ、違います。
　／不，不是的。

A：では、どこの ワインですか。
　／那麼，是哪裡的葡萄酒呢？

B：スペイン のです。
　／西班牙的。

❺ A：それは、スペイン の ピザですか。
　／那是西班牙的披薩嗎？

B：いいえ、違います。
　／不，不是的。

A：では、どこの ピザですか。
　／那麼，是哪裡的披薩呢？

B：イタリア のです。
　／義大利的。

❻ A：それは、イタリア の パンですか。
　／那是義大利麵包嗎？

B：いいえ、違います。
　／不，不是的。

A：では、どこの パンですか。
　／那麼，是哪裡的麵包呢？

B：フランス のです。
　／法國的。

❼ A：それ は、アメリカ の ノートパソコンですか。
　／那是美國的筆記型電腦嗎？

B：いいえ、違います。
　／不，不是的。

A：では、どこの ノートパソコンですか。
　／那麼，是哪裡的筆記型電腦呢？

B：韓国 のです。
　／韓國的。

❽ A：それは、タイ の 米ですか。
　／那是泰國的米嗎？

B：いいえ、違います。
　／不，不是的。

A：では、どこの 米ですか。
　／那麼，是哪裡的米呢？

B：日本 のです。
　／日本的。

● 服飾篇
❶ 香水（こうすい／香水）
❷ 帽子（ぼうし／帽子）
❸ シャツ（襯衫）
❹ ズボン（牛仔褲）
❺ ジャケット（西裝外套）
❻ ネックレス（項鍊）
❼ 靴下（くつした／襪子）
❽ バッグ（手提包）
❾ 指輪（ゆびわ／戒指）
❿ 靴（くつ／鞋子）

● 對話練習
❷ A：ここは どこですか。
　／這裡是哪裡呢？

B：ここは 駅です。
　／這裡是車站。

A：入り口は どこですか。
　／入口在哪裡呢？

B：そちらです。
　／在那裡。

❸ A：ここは どこですか。
　／這裡是哪裡呢？

B：ここは デパートです。
　／這裡是百貨公司。

A：トイレは どこですか。
　／廁所在哪裡呢？

B：こちらです。
　／在這裡。

❹ A：ここは どこですか。
　／這裡是哪裡呢？

B：ここは 教室です。
　／這裡是教室。

A：田中さんは どこですか。
　／田中同學在哪裡呢？

B：あちらです。
　／在那裡。

● 造句練習
❶ 這是哪裡的苦瓜呢？
A：これは 九州の ニガウリですか。
　／這是九州的苦瓜嗎？

B：いいえ、沖縄のです。
　／不，是沖繩的。

A：いくらですか。
　／多少錢？

B：100円 です。
　／100 日圓。

❷ 這些花要多少錢呢？
A：すみません、この 花は いくらですか。
　／請問，這朵花多少錢？

B：250円です。
　／250 日圓。

A：これは どこの 花ですか。
　／這是哪裡的花？

B：オランダのです。
　／荷蘭的。

A：これを ください。
　／那，給我這個。

● 聽力練習

A

日	一	二	三	四	五	六
にちようび 日曜日	げつようび 月曜日	かようび 火曜日	すいようび 水曜日	もくようび 木曜日	きんようび 金曜日	どようび 土曜日

C

⑤ 今は 9時です。
／現在是 9 點。

⑥ 今は 9時 45分です。
／現在是 9 點 45 分。

⑦ 今は 10時 15分です。
／現在是 10 點 15 分。

⑧ 今は 9時 30分です。
／現在是 9 點 30 分。

● 充實的一天

❶ 中山さんは 毎朝7時に 起きます。
／中山小姐每天早上 7 點起床。

❷ 7時 45分に 朝ご飯を 食べます。
／7 點 45 分吃早餐。

❸ 8時 15分に 家を 出ます。
／8 點 15 分出門。

❹ 会社は 9時から 6時までです。
／公司上班是九點到六點。

❺ 12時30分過ぎに 昼ご飯を 食べます。
／過了 12 點 30 分吃午餐。

❻ 8時 15分から 運動します。
／8 點 15 分開始運動。

❼ お風呂は 10時頃に 入ります。
／10 點左右洗澡。

❽ 11時から 11時 15分まで テレビを 見ます。
／11 點到 11 點 15 分看電視。

❾ 夜、12時頃に 寝ます。
／晚上，12 點左右睡覺。

❿ おとといは、12時に 寝ました。
／前天 12 點就寢。

⓫ ゆうべは 寝ませんでした。
／昨天徹夜未眠。

● 對話練習

❶ 對話

A：はい、花美容院です。
／您好，這裡是花美容院。

B：すみませんが、そちらは 何時から 何時までですか。
／請問，你們是從幾點開到幾點？

A：10時から 8時までです。
／10 點到 8 點。

B：土曜日は 何時までですか。
／星期六到幾點？

A：8時です。
／8 點。

B：休みは 何曜日ですか。
／星期幾休息？

A：水曜日です。
／星期三。

B：どうも。
／謝謝！

❷ 對話

A：はい、一郎レストランです。
／您好，這裡是一郎餐廳。

B：すみませんが、そちらは 何時から 何時までですか。
／請問，你們是從幾點開到幾點？

A：11時から 12時までです。
／11 點到 12 點。

B：金曜日は 何時までですか。
／星期五到幾點？

A：10時です。
／10 點。

B：休みは 何曜日ですか。
／星期幾休息？

A：木曜日です。
／星期四。

B：どうも。
／謝謝！

第7課

● 聽力練習ア

Ｂ

❷ Ａ：東京の 夏は どうですか。
　／東京的夏天（天氣）如何？
　Ｂ：暑いです。
　／很炎熱。

❸ Ａ：東京の 秋は どうですか？
　／東京的秋天（天氣）如何？
　Ｂ：涼しいです。
　／很涼爽。

❹ Ａ：東京の 冬は どうですか？
　／東京的冬天（天氣）如何？
　Ｂ：寒いです。
　／非常寒冷。

Ｃ

❷ 予報士：明日の 天気です。明日は 1日中 涼しいでしょう。午前は 曇りですが、午後は 風が 強いでしょう。
　／氣象員：這是明天的天氣。明天一整天都是涼爽的天氣。早上雖然陰天，但是下午風勢將變強。

❸ 予報士：明日の 天気です。明日は 1日中 寒いでしょう。午前は 雪ですが、午後は 晴れでしょう。
　／氣象員：這是明天的天氣。明天一整天都是寒冷的天氣。早上雖然下雪，但是下午將會放晴。

❹ 予報士：明日の 天気です。明日は 1日中 暑いでしょう。昼間は 雨ですが、夜は 星空でしょう。
　／氣象員：這是明天的天氣。明天一整天都是炎熱的天氣。白天雖然下雨，但是晚上將是星空燦爛的天氣。

● 對話練習ア

❷ Ａ：北海道の 2月は 寒いですか。
　／北海道的2月冷嗎？
　Ｂ：はい、とても 寒いです。
　／是的，非常冷。
　Ａ：6月は どうですか。
　／6月天氣如何呢？
　Ｂ：涼しいです。
　／很涼爽。
　Ａ：北海道にも 梅雨が ありますか。
　／北海道也有梅雨季嗎？

　Ｂ：いいえ、ありません。
　／不，沒有。

❸ Ａ：ハワイの 9月は 暑いですか。
　／夏威夷的9月熱嗎？
　Ｂ：はい、とても 暑いです。
　／是的，非常熱。
　Ａ：12月は どうですか。
　／12月天氣如何呢？
　Ｂ：暑いです。ハワイは 1年中 暑いです。
　／很炎熱。夏威夷一整年都很熱。
　Ａ：困りますね。
　／真傷腦筋耶。
　Ｂ：でも、ハワイでは 海から 風が 吹いています。
　／不過，夏威夷有風從海上吹來。

❹ Ａ：ニューヨークの 8月は 暑いですか。
　／紐約的8月熱嗎？
　Ｂ：はい、とても 暑いです。
　／是的，很熱。
　Ａ：4月は どうですか。
　／4月天氣如何呢？
　Ｂ：涼しいです。
　／很涼爽。
　Ａ：ニューヨークでも、4月に 桜が さきますか。
　／紐約4月時櫻花也會開嗎？
　Ｂ：はい、さきます。
　／是的，會開。

● 聽力練習イ
　答案　４２１５３６

　Ａ：東京の 夏は 暑いですか。
　／東京的夏天熱嗎？
　Ｂ：はい、7月から 8月まで とても 暑いです。
　／是的，從7月到8月都很熱。
　Ａ：日本の 夏は、北海道から 沖縄まで、どこも 暑いですか。
　／日本夏季從北海道到沖繩，到處都熱嗎？
　Ｂ：いいえ、北海道の 夏は 涼しいです。
　／不，北海道的夏天很涼爽。
　Ａ：ハワイは どうですか。
　／那夏威夷怎麼樣呢？
　Ｂ：ハワイは 一年中 暑いです。
　／夏威夷一整年都很熱。

● 對話練習イ

❷ A：今日は 暖かいですね。
／今天好暖和啊！

B：ええ、本当に 暖かいです。
／是啊！真是暖和！

A：もうすぐ ひな祭りですね。
／女兒節就快到了。

B：ひな祭りは いつですか。
／女兒節是什麼時候？

A：3月3日です。
／3月3日。

B：えっ、3月4日ですか。
／咦，3月4日嗎？

A：いいえ、3月3日です。
／不，是3月3日。

❸ A：今日は 暑いですね。
／今天好熱啊！

B：ええ、本当に 暑いです。
／是啊！真是熱啊！

A：もうすぐ 七夕ですね。
／七夕就快到了。

B：七夕は いつですか。
／七夕是什麼時候？

A：7月7日です。
／7月7日。

B：えっ、8月9日ですか。
／咦，8月9日嗎？

A：いいえ、7月7日です。
／不，是7月7日。

❹ A：今日は 寒いですね。
／今天真冷啊！

B：ええ、本当に 寒いです。
／是啊！真是冷啊！

A：もうすぐ クリスマスイブですね。
／聖誕夜就快到了。

B：クリスマスイブは いつですか。
／聖誕夜是什麼時候？

A：12月 24日です。
／12月24日。

B：えっ、11月 14日ですか。
／咦，11月14日嗎？

A：いいえ、12月 24日です。
／不，是12月24日。

🗂 第8課

● 對話練習ア

❷ A：山下さんは テニスを しますか。
／山下小姐打網球嗎？

B：ええ、しますよ。
／嗯，打啊！

A：どこで しますか。
／在哪裡打呢？

B：市民体育館で します。
／市民體育館。

A：そうですか。
／這樣啊！

❸ A：山下さんは 散歩を しますか。
／山下小姐散步嗎？

B：ええ、しますよ。
／嗯，散步啊！

A：どこで しますか。
／在哪裡散步呢？

B：公園で します。
／公園。

A：そうですか。
／這樣啊！

❹ A：山下さんは 日本料理を 食べますか。
／山下小姐吃日本料理嗎？

B：ええ、食べますよ。
／嗯，吃啊！

A：どこで 食べますか。
／在哪裡吃呢？

B：料亭です。
／高級日本料理店。

A：そうですか。
／這樣啊！

❺ A：山下さんは ビールを 飲みますか。
／山下小姐喝啤酒嗎？

B：ええ、飲みますよ。
／嗯，喝啊！

A：どこで 飲みますか。
／在哪裡喝呢？

B：居酒屋で 飲みます。
／居酒屋。

A：そうですか。
／這樣啊！

❻ A：山下さんは ケーキを 作りますか。
／山下小姐做蛋糕嗎？

B：ええ、作りますよ。
　　／嗯，做啊！

A：どこで　作りますか。
　　／在哪裡做呢？

B：家で　作ります。
　　／家裡。

A：そうですか。
　　／這樣啊！

● 聽力練習 *黃色區塊為答案

① A：どんな　スポーツを　します
　　か。
　　／你都做些什麼運動呢？

　B：サッカーや　テニスを　し
　　ます。
　　／我都踢足球或打網球。

　A：水泳も　しますか。
　　／也游泳嗎？

　B：いいえ、しません。
　　／不，我不游泳。

② A：どんな　お酒を　飲みます
　　か。
　　／你都喝些什麼酒呢？

　B：ビールや　ワインを　飲み
　　ます。
　　／我都喝啤酒或葡萄酒。

　A：日本酒も　飲みますか。
　　／也喝日本酒嗎？

　B：いいえ、飲みません。
　　／不，我不喝。

③ A：どんな　果物を　食べます
　　か。
　　／你都吃些什麼水果呢？

　B：ももや　ぶどうを　食べま
　　す。
　　／我都吃桃子或葡萄。

　A：柿も　食べますか。
　　／也吃柿子嗎？

　B：いいえ、食べません。
　　／不，我不吃。

● 造句練習

① 田中さんは　お酒を　飲みま
　すか。
　　／田中先生喝酒嗎？

② ビールや　ワインを　飲みま
　す。
　　／我喝啤酒或葡萄酒。

③ どんな　お酒を　飲みます
　か。
　　／都喝什麼酒呢？

④ 家で　ビールを　飲みます。
　　／在家喝啤酒。

⑤ ご飯を　食べます。
　　／吃飯。

● 填空練習

① ごはんをたべます。

⑤ すしをたべます。

② おちゃをのみます。

⑥ みずをのみます。

③ パンをたべます。

⑦ そばをたべます。

④ ジュースをのみます。

⑧ たばこをすいます。

● 對話練習イ

② A：昼ご飯は　何を　食べま
　　すか。
　　／你中餐吃什麼？

　B：オムレツを　食べます。
　　／我吃歐姆蛋。

　A：何を　飲みますか。
　　／喝什麼呢？

　B：ジュースを　飲みます。
　　／喝果汁。

　A：どこで　食べますか。
　　／在哪裡吃呢？

　B：会社で　食べます。
　　／在公司。

③ A：昼ご飯は　何を　食べま
　　すか。
　　／你中餐吃什麼？

　B：すき焼きを　食べます。
　　／我吃壽喜燒。

　A：何を　飲みますか。
　　／喝什麼呢？

　B：お茶を　飲みます。
　　／喝茶。

A：どこで　食べますか。
　　／在哪裡吃呢？

B：家で　食べます。
　　／在家。

第9課

● 對話練習ア

② A：あのう、女の　人は　ど
　　こに　いますか。
　　／請問，女生在哪裡？

　B：女の　人は　家の　外
　　に　います。
　　／女生在家的外面。

　A：家の　中ですね。
　　／在家的裡面啊！

　B：いいえ、家の　外です。
　　／不是的，在家的外面。

　A：あっ、どうも。
　　／啊，謝了！

③ A：あのう、子どもは　どこ
　　に　いますか。
　　／請問，小孩在哪裡？

　B：子どもですか。おじい
　　ちゃんと　おばあちゃん
　　の　間に　います。
　　／小孩啊！在祖父和祖母的
　　中間。

A：おじいちゃんと おばあちゃんの 右ですね。

／在祖父和祖母的右邊啊！

B：いいえ、おじいちゃんと おばあちゃん
の 間です。

／不是的，在祖父和祖母的中間。

A：あっ、どうも。

／啊，謝了！

● 聽力與對話
　答案

Ⓐ

① 銀行は コンビニの 隣に あります。

／銀行在便利商店的隔壁。

② 本屋は 学校の 左に あります。

／書店在學校的左邊。

③ 駐車場は 公園の 中に あります。

／停車場在公園的裡面。

④ 花屋は 映画館の 前に あります。

／花店在電影院前面。

⑤ スーパーは 喫茶店と 映画館の 間に ありま
す。

／超市在咖啡廳跟電影院中間。

⑥ 図書館は デパートの 右に あります。

／圖書館在百貨公司的右邊。

Ⓑ

② A：すみません。この 近くに デパートは あ
りませんか。

／請問，這附近有百貨公司嗎？

B：あそこに ありますよ。

／那裡有一間喔！

A：ああ、どこですか？

／啊，在哪裡呢？

B：郵便局と 図書館の 間です。

／在郵局跟圖書館中間。

A：ありがとう ございます。

／謝謝您。

③ A：すみません。この 近くに 喫茶店は あり
ませんか。

／請問，這附近有咖啡廳嗎？

B：あそこに ありますよ。

／那裡有一家喔！

A：ああ、どこですか？

／啊，在哪裡呢？

B：スーパーの 左です。

／在超市的左邊。

A：ありがとう ございます。

／謝謝您。

④ A：すみません。この 近くに ホテルは あり
ませんか。

／請問，這附近有飯店嗎？

B：あそこに ありますよ。

／那裡有一間喔！

A：ああ、どこですか？

／啊，在哪裡呢？

B：喫茶店の 前です。

／在咖啡廳前面。

A：ありがとう ございます。

／謝謝您。

● 填填看
　A：化粧水は どこに ありますか。

／化妝水在哪裡？

　B：下から 3段目です。

／從下面數第三層。

　A：香水は どこに ありますか。

／香水在哪裡？

　B：一番 下の 段です。

／最下面那一層。

● 對話練習イ

① A：あれ、しょう油が ありませんよ。

／唉呀！沒有醬油。

B：ええと、テーブルの 上に あります。

／嗯，在桌上。

A：え、テーブルの 上、テーブルの 上、テ
ーブルの 上には ありませんよ。

／咦！桌上、桌上、桌上，沒有啊！

B：あっ、ごめん、トースターと 電子レン
ジ の 間です。

／啊！不好意思，在烤麵包機跟微波爐的中間。

A：あ、ありました。

／啊！找到了！

❷ A：あれ、塩が ありませんよ。
／唉呀！沒有鹽巴。

B：ええと、冷蔵庫の 中に あります。
／嗯，在冰箱裡面。

A：え、冷蔵庫の 中、冷蔵庫の 中、冷蔵庫の 中には ありませんよ。
／咦！冰箱裡面、冰箱裡面、冰箱裡面，沒有啊！

B：あっ、ごめん、テーブルの 上です。
／啊！不好意思，在桌上。

A：あ、ありました。
／啊！找到了！

❸ A：あれ、ナイフが ありませんよ。
／唉呀！沒有刀子。

B：ええと、上の 棚に あります。
／嗯，上面的架子。

A：え、上の 棚、上の 棚、上の 棚には ありませんよ。
／咦！上面的架子、上面的架子、上面的架子，沒有啊！

B：あっ、ごめん、引き出しの 中です。
／啊！不好意思，抽屜裡。

A：あ、ありました。
／啊！找到了！

 第 10 課

● 對話練習ア

❷ A：東京は どんな ところですか。
／東京是什麼樣的地方？

B：とても おしゃれな ところです。
／是個非常時尚的地方。

A：そうですか。静かな ところですか。
／這樣啊！是安靜的地方嗎？

B：いいえ、あまり 静かでは ありません。にぎやかです。
／不，不太安靜，很熱鬧。

❸ A：京都は どんな ところですか。
／京都是什麼樣的地方？

B：とても 優雅な ところです。
／是個非常優雅的地方。

A：そうですか。にぎやかな ところですか。
／這樣啊！是熱鬧的地方嗎？

B：いいえ、あまり にぎやかでは ありません。静かです。
／不，不太熱鬧，很安靜。

● 聽力練習
答案　1－イ、2－ウ、3－ア、4－エ

❶ 三角形の 左に 四角形が あります。
／三角形的左邊有四角形。

❷ 四角形の 右に 円が あります。
／四角形的右邊有圓形。

❸ 円の 前に 三角形が あります。
／圓形前面有三角形。

❹ 三角形の 後ろに 長方形が あります。
／三角形的後面有長方形。

● 對話練習イ

❷ A：それは まるいものですか。
／那是圓的東西嗎？

B：いいえ、まるく ありません。四角いです。
／不，不圓。是四角的。

A：色は 白いですか。
／顏色是白色嗎？

B：はい、そうです。それで 手を 洗います。
／是的。用那個來洗手。

❸ A：それは 短いものですか。
／那是短的東西嗎？

B：いいえ、短く ありません。四角いです。
／不，不短。是四角的。

A：色は 黒いですか。
／顏色是黑色嗎？

B：はい、そうです。それで ドラマを 見ます。
／是的。用那個來看連續劇。

❹ A：それは 長いものですか。
／那是長的東西嗎？

B：いいえ、長く ありません。まるいです。
／不，不長。是圓的。

A：色は 白いですか。
／顏色是白色嗎？

B：はい、そうです。それで 野球を します。
／是的。用那個來打棒球。

第 11 課

● 對話練習ア

❷ A：秋田で、竿燈祭が あります。いっしょに 行きませんか。
／在秋田縣有竿燈祭，要不要一起去看？

B：竿燈祭ですか。いいですね。いつですか。
／竿燈祭啊！真不錯，什麼時候？

A：8月3日です。
／8月3日。

B：それなら、大丈夫です。
／那沒問題。

❸ A：札幌で、雪祭りが あります。いっしょ
　　に 行きませんか。
／在札幌有雪祭，要不要一起去看？

B：雪祭りですか。いいですね。いつですか。
／雪祭啊！真不錯，什麼時候？

A：2月1日です。
／2月1日。

B：じゃあ、大丈夫です。
／那沒問題。

❹ A：徳島で、阿波踊りが あります。いっしょ
　　に 行きませんか。
／在德島縣有阿波舞，要不要一起去看？

B：阿波踊りですか。いいですね。いつですか。
／阿波舞啊！真不錯，什麼時候？

A：8月12日です。
／8月12日。

B：それなら、大丈夫です。
／那沒問題。

❺ A：東京で、神田祭が あります。いっしょ
　　に 行きませんか。
／在東京有神田祭，要不要一起去看？

B：神田祭ですか。いいですね。いつですか。
／神田祭啊！真不錯，什麼時候？

A：5月14日です。
／5月14日。

B：じゃあ、大丈夫です。
／那沒問題。

❻ A：仙台で、七夕祭りが あります。いっしょ
　　に 行きませんか。
／在仙台有七夕祭，要不要一起去看？

B：七夕祭りですか。いいですね。いつですか。
／七夕祭啊！真不錯，什麼時候？

A：8月6日です。
／8月6日。

B：それなら、大丈夫です。
／那沒問題。

❼ A：青森で、ねぶた祭が あります。いっしょ
　　に 行きませんか。
／在青森縣有燈籠祭，要不要一起去看？

B：ねぶた祭ですか。いいですね。いつですか。
／燈籠祭啊！真不錯，什麼時候？

A：8月1日です。
／8月1日。

B：じゃあ、大丈夫です。
／那沒問題。

● 對話練習イ

❷ A：いっしょに テニスを しに 行きませんか。
／要不要一起去打網球？

B：ああ、テニスですか、いいですね。
／啊！網球！好啊！

A：日曜日は どうですか。
／星期日如何？

B：日曜日ね、オーケー。楽しみに して います。
／星期日，OK。真叫人期待。

❸ A：いっしょに 映画を 見に 行きませんか。
／要不要一起去看電影？

B：ああ、映画ですか、いいですね。
／啊！電影！好啊！

A：金曜日の 夜は どうですか。
／星期五晚上如何？

B：金曜日の 夜ね、オーケー。楽しみに し
　　て います。
／星期五晚上，OK。真叫人期待。

● 對話練習ウ

B：花子さん、ちょっと、いっしょに カラオ
　　ケで 歌いませんか。
／花子，要不要一起去唱卡拉OK。

A：ああ、すみません、今日は ちょっと…。
／啊！很抱歉，今天有點不方便…。

B：残業ですか。それとも 買い物ですか。
／要加班？還是去血拼？

A：いいえ、今日は 彼と ライブを 見に 行きま
　　す。
／不是，我今天要和我男朋友去看演唱會。

● 造句練習

❶ いっしょに 食事を しませんか。
／要不要一起吃個飯？

❷ 水泳の 練習ですか。それとも ピアノの レッ
　　スンですか。
／要練習游泳？還是上鋼琴課？

❸ 青森で、ねぶた祭が あります。
／在青森有燈籠祭。

模擬考題解答

第 1 課

一、文字、語彙問題

もんだい1

❶ 1　　❷ 3　　❸ 2　　❹ 4

もんだい2

❶ 3　　❷ 2

二、文法問題

もんだい1

❶ 1　　❷ 3　　❸ 2　　❹ 3　　❺ 2　　❻ 4

もんだい2

❶ 答え：⑤①④③②

（初めまして、田中美穂です。どうぞ　よろしく　お願いします。）

❷ 答え：⑦②④③⑤①⑥（あなたは　東京大学の　学生ですか。）

第 2 課

一、文字、語彙問題

もんだい1

❶ 2　　❷ 4　　❸ 2　　❹ 1　　❺ 4　　❻ 4

もんだい2

❶ 3　　❷ 3

二、文法問題

もんだい1

❶ 1　　❷ 2　　❸ 2　　❹ 4　　❺ 1

もんだい2

❶ 答え：⑤③④⑥②①（橋本さんの　お住まいは　東京ですか。）

❷ 答え：⑥⑤①②③④（皆さん　こちらは　台湾の　王さんです。）

第 3 課

一、文字、語彙問題

もんだい1

❶ 2　　❷ 2　　❸ 4　　❹ 3　　❺ 3　　❻ 1

もんだい2

① 3　　② 3

二、文法問題

もんだい1

① 2　　② 3　　③ 4　　④ 4　　⑤ 4　　⑥ 4

もんだい2

① 答え：③②④⑥⑤①（それは　田中さんの　ラジオです。）

② 答え：⑤③②①⑦⑥④（この　部屋は　花子の　ですか。）

第 4 課

一、文字、語彙問題

もんだい1

① 1　　② 3　　③ 2　　④ 1

もんだい2

① 3　　② 4　　③ 3

二、文法問題

もんだい1

① 2　　② 4　　③ 2　　④ 3　　⑤ 4

もんだい2

① 答え：③⑤①⑥②④（お父さんは　おいくつですか。）

② 答え：⑤⑥④③①②⑦（ABCは　カメラの　会社ですか。）

第 5 課

一、文字、語彙問題

もんだい1

① 3　　② 1　　③ 3　　④ 3　　⑤ 4　　⑥ 3

もんだい2

① 2　　② 3

二、文法問題

もんだい1

① 4　　② 2　　③ 1　　④ 3　　⑤ 3　　⑥ 2

もんだい2

① 答え：②⑥①④⑦③⑤（これは　どこの　カメラですか。）

② 答え：⑦⑥②①③⑤④（雑誌は　3冊で　1,500円です。）

第 6 課

一、文字、語彙問題

もんだい 1

❶ 3　　❷ 2　　❸ 1　　❹ 3　　❺ 3

もんだい 2

❶ 1　　❷ 4

二、文法問題

もんだい 1

❶ 1　　❷ 3　　❸ 4　　❹ 2　　❺ 1　　❻ 3

もんだい 2

❶ 答え：⑤⑥③①②④⑦（会社は　9時から　5時までです。）

❷ 答え：⑤④①②⑥③（今朝は　6時ごろに　起きました。）

第 7 課

一、文字、語彙問題

もんだい 1

❶ 2　　❷ 1　　❸ 2　　❹ 1　　❺ 3　　❻ 3

もんだい 2

❶ 3

もんだい 3

❶ 4

二、文法問題

もんだい 1

❶ 2　　❷ 1　　❸ 4　　❹ 3　　❺ 1　　❻ 3　　❼ 1

もんだい 2

❶ 3

答え：では、にちようび　の　ごご　は　どう　ですか。

❷ 1

答え：わたしたちは　えき　から　いえ　まで　あるきます。

第 8 課

一、文字、語彙問題

もんだい 1

❶ 2　　❷ 2　　❸ 4　　❹ 4　　❺ 2　　❻ 4　　❼ 3　　❽ 1　　❾ 2　　❿ 2

もんだい2

　❶ 3

もんだい3

　❶ 2　　❷ 2　　❸ 4

二、文法問題

もんだい1

　❶ 4　　❷ 4　　❸ 2　　❹ 2　　❺ 2　　❻ 2

もんだい2

　❶ 4

　答え：山田さんは　今度の　なつやすみ　に　何　を　しますか。

　❷ 3

　答え：きのう　ちかく　の　レストラン　で　ごはん　を　たべました。

第 9 課

一、文字、語彙問題

もんだい1

　❶ 4　　❷ 3　　❸ 4　　❹ 4　　❺ 1　　❻ 3　　❼ 3

もんだい2

　❶ 2　　❷ 4

二、文法問題

もんだい1

　❶ 4　　❷ 2　　❸ 4　　❹ 4　　❺ 3　　❻ 2

もんだい2

　❶ 3

　答え：中山先生　は　どちら　に　います　か。

　❷ 1

　答え：ひるは　いません　が、よる　は　います。

第 10 課

一、文字、語彙問題

もんだい1

　❶ 2　　❷ 4　　❸ 4　　❹ 3　　❺ 1　　❻ 4

もんだい2

　❶ 4　　❷ 1

二、文法問題

もんだい1

❶ 3　　　**❷** 2　　　**❸** 3　　　**❹** 3　　　**❺** 1　　　**❻** 4　　　**❼** 1

もんだい2

❶ 4

答え：ここ　に　名前　を　えんぴつ　で　かきます。

❷ 2

答え：きの　うえ　に　ちいさい　とり　が　いますよ。

第 11 課

一、文字、語彙問題

もんだい1

❶ 2　　　**❷** 3　　　**❸** 3　　　**❹** 2　　　**❺** 4　　　**❻** 1

もんだい2

❶ 1　　　**❷** 3

二、文法問題

もんだい1

❶ 1　　　**❷** 4　　　**❸** 1　　　**❹** 4　　　**❺** 3　　　**❻** 4

もんだい2

❶ 2

答え：かのじょと　いっしょ　に　えいがを　みに　いきます。

❷ 3

答え：あした　パーティーが　ありますよ。石田さん　も　行きません　か。

QR 即學即用 09

山田社 新日檢
Shan Tian She

絕對合格**日檢N5讀本**（上）
單字×文法×聽力×閱讀
考試生活雙贏！
看得懂、聽得懂、說得出，考得上，

（ 16K+QR Code 線上音檔 ）

發行人	林德勝
著者	吉松由美, 田中陽子, 西村惠子, 大山和佳子, 林勝田
出版發行	山田社文化事業有限公司

地址　臺北市大安區安和路一段112巷17號7樓
電話　02-2755-7622　02-2755-7628
傳真　02-2700-1887

郵政劃撥	19867160號　大原文化事業有限公司
總經銷	聯合發行股份有限公司

地址　新北市新店區寶橋路235巷6弄6號2樓
電話　02-2917-8022
傳真　02-2915-6275

印刷	上鎰數位科技印刷有限公司
法律顧問	林長振法律事務所　林長振律師
定價+QR碼	新台幣369元
初版	2025年2月

ISBN : 978-986-246-872-2
© 2025, Shan Tian She Culture Co. , Ltd.

著作權所有‧翻印必究
如有破損或缺頁，請寄回本公司更換

※ 本書改版自「QR Code 朗讀 隨看隨聽 看圖說日語 和日本人聊一整天的生活會話
　（16K+QR Code 線上音檔）」